ゆっくりいそぐ

幻冬舎MC

はじめに（文庫改訂版）

２０１９年末のクリスマスのころ、私が書いた初めての本が出版されました。友人知人に紹介して、感想をたくさんいただきました。熱いメッセージも聞くことができました。書いて良かったなあと、ありがたく思うことができました。本を出版することでもう一つの自分と出会って、これから新しい世界が広がってくれればとちょっとだけ期待もしていました。

そんななか、あっという間でした。

突然、世の中が騒然としてきたのです。

「新型コロナ」というなじみのない言葉でウイルスが流行の兆しを見せていました。それは今まで経験したことのない、よくわからない出来事でした。

新型コロナウイルスの感染が最初に拡大したのは、中国でした。私たちは遠い海外で起きた対岸の火事という認識で、身近に起こるとは考えにくいという甘い考えがありました。ところが新型コロナウイルスのニュースが報道されてから間もなく、すぐに身近な出来事となり、他人ごとではなくなったのです。

そして、いろいろな活動も、生活にかかわることでさえ制限されできなくなってきたのです……。

出版後の喜びもつかの間、危険な世の中が現実となってしまい、よくわからない事態が続きました。私たちの行動が狭められ、次第に仕事にも影響が出てきました。

いったい何がどうなっているのだろうと思い、新聞、テレビ、インターネットの情報などたくさんの媒体を見るようになりました。新型コロナウイルスの不思議なことがいろいろ見えてきますが、どれが正しいのか、自分で判断するしかありません。あまりにも情報が錯綜しているからです。

世界が大きく変化していることは確かかもしれない。では、自分の関係することでどんなふうに変化するのかを知る必要があると思いました。

今から起きることをしっかりと見つめ、自分自身で感じて対応をしていかなければ……。

こんなときは、自身の回りをよく見て、考えて見て、リスクを最小限に止め、できることをしようと決めました。

「ゆっくりと急いで」

現状を見て、動くこと！　急な変化に慌てないこと！　自分に言い聞かせます。

錯綜している情報を、何が本当なのか、必要な情報（自分にとって正しいと思えるもの）を取り入れていきます。

周りを見渡すと、目に入る人々も、歩いている人も、マスク顔です。私には奇妙に見えます。しかし、これが今見えている世界の現実です。すぐに終わるだろうと気楽に考えていたら、終わりが見えてきません。

時代の大きな変化のなかで、今回2冊目となる改訂版の出版にあたり、読者の皆様に少しでもお役に立つ本になるよう願いを込めて執筆しました。幻冬舎ルネッサンス新社の皆様の心からの応援をありがたく思い、感謝しています。こうして再び書くきっかけをいただいたことに、縁を感じます。

はじめに

私は1954年、山あいの自然豊かなところで生まれました。

山と川が遊び場所でした。そんななかで、亡き母が山から花を取ってきて花瓶に差していました。庭にはとりどりの花が植えてあったものです。自然と木や花を見ていたのでしょうか？　今となっては、単に切り取って差していた花や木をいけるということにつながったのは、成り行きのような気がします。

一方で遊ぶところも限られ、飽きてきた私は、学校の図書館の本を読み出しました。これがとても楽しかった記憶があります。泣いたり、笑ったり……。

女性が世のなかで活躍するようになるには？　とか、女性が仕事を持つ意味？とか考えさせられたように思います。

友人たちとの会話のなかから、資格を持ってプロになれば、何とか仕事に巡り合うかもしれないと思い、宅地建物取引主任者という資格に挑戦しました。

不動産会社でサラリーマン生活をした後、起業することになったのですが、山も谷も経験し、現在に至ります。

本を出版することになるとは思いもよらないことでした。

不動産のホームページを運営していくなかで、SNSやブログを書くことがSEO対策になるからということで、ブログを書き始めました。ときどきしか書けませんでしたが、私には楽しい時間でした。

仕事に関係なく、何気ない普段の様子の一端を見ていただくことで親近感を持って、ホームページを開いてもらえる……そういうことを目標にしていました。

そんなある日、出版社から、1通の封書が私のもとに届きました。直接仕事には関係なさそうだったし、何かの広告依頼でもなさそうだし、しばらくそのままにしておきました。

すると電話がかかってきて、少しだけお話をしていただきました。本を書くことのお話でした。思ってもいないことでした。こんなこともあるのかなあと不思議でした。出版社のほうで私のブログに目を留めていただいたことに、何かの縁を感じました

本格的に文章を書くことは、初めてのことなので、できるかどうか不安でしたが、新しいことに挑戦してみようと思いました。もし、上手くいけば、そこから新しい形が生まれることを、体験しているからです。

「恐れを越え、最善に挑む」

プロフェッショナルのテレビか本で記憶に残る言葉として私の手帳に書き記しています。

私は100%の力で生きることを目標にしています。少し余裕があれば、次の用事を入れていきます。自分にできることは出し切って、何かの役に立とうと思います。

また私は「今」という言葉を大切にしています。今しかできないことをやることに、敏感でありたいと思っています。

これを機にまた新しい自分と出会い細い道がまた一本追加されれば、この上ない喜びであることを付け加えさせていただきたいと思います。

目次

編集協力　橋本雅生

第1章　不動産のお仕事

記念日

今日は大切な記念日でした。

平成18年5月1日。起業を決心した当時の私は、この日を新たに出発する日と決めました。これからどんな日がやってくるのか、想像すらしかねる旅に出ようと思ったのです。

いつもお世話になっている出水神社（熊本市）にお参りをするとき、私は手を合わせながら「5月1日。会社を始めます」と必死に拝みました。

とにかく不安だった私は商売の神様と聞いて駆けつけ、これからの将来に向け、少しでも通れる道ができますように……という思いでいっぱいでした。

神妙な面持ちで神社の鳥居をくぐり、お参りをしました。神主様にお祓いをしてもらうと、足取りも軽くなったような気がしたことを覚えています。あとは私がやるしかないことなのですが……最初は神頼みせずにはいられませんでした。

なにしろ初めての経営です。男女関係ない独り立ちです。私の前に立ちはだかるリスクはたくさんあり、数えきれないほどの難題を一つひとつクリアにしていかなければなりません。先が見えず、不安は募るばかりです。

やるしかない。進むしかない！

それから私は、仕事場となる事務所に機材を必要最小限度にそろえました。パソコンとコピー機、机といす、電話（固定電話）は携帯だけでは信用がないので、自宅兼用にしました。

できたばかりのこの会社に、どうやって注文がくるのだろう？　どうしたらいいのだろうと、一生懸命考えました。

考えるなかで、一番経費が掛からないだろうと思った手段がインターネットでした。当時はまだ「不動産をネットで販売する」ということはあまり考えられないころでした。

最初は経費が掛からないだけに仕事の成果もあまり期待はできないと思われましたが、「やるしかない！」と思って着手しました。

そんなわけで私は「インターネット不動産」として会社を始めることにしたのです。当時はまだ珍しかったので、予想していたよりも反響があり、驚きと嬉しさがこみ上げたものです。

初めてお客様から問い合わせがあったとき、これまで接客は何度も経験してきた

お世話になっている出水神社

のに、ふわふわして、うまく回答できたかなと何度も反省したりして（笑）。

決めてくれるのかもわからないのに、こちらからか細い声で、お客様に「いかがでしょうか？」と折り返し聞いたりしたものです。

会社を始めたばかりのころ、出来立てのホームページには、情報も少なくて、役に立ちそうなことを、どうやって盛り込んだらいいのかとか、物件数を一つでも多くと思っても、一つ打ち込むだけで時間がかかります。パソコンに不慣れな私は、パソコンの使い方から教わらなければいけない状態でした。

教室にも通って少し基本は教わったものの、じれったいほど時間をかけて、一つ二つ……と作り上げました。毎晩深夜に及びました。やれやれともう終わろうとして、最後に一言、ブログを書きます。まだお客様も少ないので、一日のうちの一番効率良く動ける時間を選んで、ブログを書くスケジュールを立てました。

荒野のような道なき道をこれから走っていく！　という意気込みと不安がまじって、耐えきれないほどのストレスが襲いました。

私は実業家の斎藤一人さんの「できる、できる」を思わず何度も口走るようになっていました……。

そんなこともあった私ですが、今も神社には毎年新たな気持ちでお参りしています。次の年もまた無事をお祈りします。道なき道を、細くずっと歩いて行けますように……まるで絹糸のようにしなやかに……（かっこ良すぎ？　笑）

神社の帰り、下り階段の足取りが不思議に軽く感じられました。心地良い風が足元から吹いてくるのを感じます。

水前寺公園

水前寺公園の水は、熊本地震によって一時水嵩《みずかさ》が減っていた時期がありました。今は元に戻りましたので、当時の影響はほとんどわかりません。

公園の池には鯉がたくさん泳いでいます。ぐるりと回りを歩いていると、珍しいものを発見しました。白いものが動いています。亀です。白い亀！　なんだか幸せがやってきそうですよ～。

不動産のホームページを作るときは、エリアを絞るのですが、絞り切れずに苦労しました。物件はどこにでもあるのに、それを絞ることは、仕事を狭くするようなものではないかなと。

今は情報が巷にあふれています。どこにでもありそうな内容では、すぐに埋もれてしまい、どこにいるのかさえわからなくなる……。

特徴と言われても、長く経験して、築き上げた会社にあるものだから……私の経験値はまだまだ遠い雲の彼方だと……目の前が真っ暗になりそうです。

いつの間にか私は、ふらふらと水前寺公園に足を運んでいました。ここで何か考えよう！　水前寺公園は、熊本市内の中心部にある手入れの行き届いた公園です。なかにはお茶どころがありますので、物思いに耽りながら、お菓子とお抹茶をいただきます。

池からは優しい風が吹いてきます。湖面に水鳥たちが泳いでいます。霞のかかった私の頭中にさわやかな風が吹いてきて、霞を少し和らげてくれます。

特徴を出すために、どうすればいいのかを考えることに、頭を使いました。ただ表現するだけでは、薄っぺらになってしまいそうです。私は物件自体に特徴を出せ

水前寺公園の池

るよう考えました。

つまり、一工夫された物件をつくることです。そのために、物件の所有者であるオーナー様と密接にコミュニケーションを図り、アパート経営に関する考えを、一緒に思案していくことに時間をかけようと思いました。

そんなことがふっとわいてきました。（神がおりてこられた？）そのように信じてみたい……。アイデアをいつも模索している身となれば……（ふふっ）。

不動産の仕事をしている私が一番良く知っていることと言えば、それはやはり近所のことになります。遠いところに住んでいる人には、決してわかりようもない地場の情報は財産です。

毎日近所を行ったり来たり、何も変わらない日々ですが、そんな退屈かもしれない繰り返しの日常のなかに、小さな発見があり、もしかしたら新しい生活を始める人たちに大事な情報になるかもしれない！

ひらめいた私は、早速事務所に戻ってホームページのエリアを決めていきます。ホームページのレイアウトは、新たに水前寺公園の写真を載せて、南区に重点を置く形にしました。地域が栄えていきますようにと祈りをこめて。

住みやすい街づくりにほんの少しだけお役に立ちたい！　そんな気持ちになりました。ぼーっと物思いに耽ったおかげかも……なあんてね♪♬

たまには、風に打たれるのも良いかもしれませんね……（笑）。

物件のお問い合わせがたくさんきますように！

地場に詳しい生活情報満載ですよ～。

インターネット不動産

かわいいアパートが空きました。対面キッチンで部屋のなかが一望できますよ（子育て中のママは必見！）。角部屋ですから、風もそよそよ……。それに静かな町なのです。1階でもベランダが付いていますから、南の太陽をしっかり浴びて、お洗濯物を乾かしましょう！　洗面台も広いので、水のこぼれをカバーできます。それにエアコンも新品が付きマ～ス。駐車場も目の前で～スヨ。インターネットも無料ですよ（^^♪

このように空室が出たら、早々に募集広告を出すのが私の仕事です。部屋の特徴をわかりやすく伝えて、アピールします。

私は起業するとき、インターネット不動産として会社を立ち上げました。もうずいぶん前のことです。車に乗って夜道を一人で帰っていたところ、カーラジオから、「インターネットが世界を制す」という内容のトークを聞いたのを思い出します。

私は道路わきに車を止めて、そのラジオをじっと聞き入りました。車もあまり通らないような田舎道でしたが、慣れた道なので、夜の怖さも感じませんでした。そのラジオ番組は2時間くらいの長さだったと思います。インターネットという言葉は聞いていたので、どんな内容なのか興味がわきました。世のなかが変わるほどの影響がある、という内容だったと記憶しています。

そのときのことが私の頭の片隅に残っていたのでしょうか？

その後、世間でインターネットのことをよく耳にするようになりました。インターネットについて自分でできることは何もありませんでしたが、大切なものであるということはわかりました。

やがて起業と同時に、インターネット不動産というものに出会ったのですが、私は迷わず、それを選択しました。

そうして起業から十数年も前に聞き入っていたインターネットという言葉と、現実に出会うことになったのです。不思議な出会いでした。でも今考えれば、ごく自然な出来事でした。

最初のころは不動産をどうやってインターネットで広告すればいいかわからず、頭のなかを整理するのが難しい！　と悩んだものです。何しろパソコンも未経験で、マウスの動かし方もわからなかったのですから😅

ですからパソコン教室にも通いましたよ😉♪

知らないことばかりで、天地が逆さまになるような感じの日々でした。長い道のりのような気がしましたが、できるだけのところでいいか、と割り切り、ゆっくりと急いで（？）進むことにしました。まるで趣味のような起業でした。不安も大きかったけれども、上手くいくと心でつぶやきながら……。

今ではインターネットで不動産の募集をすることは当たり前ですが、数十年前は、そんな方法が普及すると考える人はほとんどいませんでした。

私がインターネット不動産をはじめてから、たくさんの時間が過ぎ、たくさんの協力を得て、今もまだ進行途中ですが、今日の日まで無事に過ぎてきたことが当たり前ではないことに気づかされます。もちろん紆余曲折ありました！

「インターネットを見たのですが……」

インターネットを見て来ていただいた初めての来客です。体が震えました。これが、お問い合わせなのだと。

接客はサラリーマン時代に、慣れているはずなのに、声が震えてきます。嬉しさと不思議さで、足が地についていないような感じで接客しました。しっかりと声を聴くことに集中しました。ご希望の物件に近いものを紹介し、気に入っていただきました。契約成立！

「嬉しい！」の一言です。

「インターネット不動産」での起業のメリットは、店舗がネットのなかと考えて、情報収集から案内、契約に至るまですべてをネットのなかでやっていけることです。つまり、立派な土地に立派な店舗は必要がないということです。知人の不動産会社は、都会のビルの一室で会社をやっています。契約や打ち合わせなどで使えればいいというわけです。初期に費用を節約するのに、好条件です。

しかも、ネット上に店舗を置くわけですから、大きな会社とも、対等に競争できます。内容の競争ということです。その代わり、お客様がちゃんと見てくれなければ、なきに等しいものとなります。心してかからなければ、成功は難しいと思います。

インターネット不動産での収穫を追い求めて、日々仕事に従事していますが、最近はネット社会の怖さも感じるようになりました。スピード社会についていけないよ〜！

ＡＩがどんどん発達し、そのうち知能まで機械がしてくれる日がやってきていますよ😆

確かに昔とは変わりました。ネット社会が及ぼすものは、想像をはるかに超えています……。

もしかしたらインターネットでの仕事も終わりが近づいているかもしれません。次のステップへの道が続くのでしょうか……。

お部屋探し

弊社のホームページには、お客様にご利用いただく「お問い合わせフォーム」が設置してあります。このお問い合わせフォームから送信されたお客様のメールをチェックすることも、日々の大事な仕事です。

「一人暮らし向けの賃貸物件を探しています。直接店舗に伺って、お話をお聞きしたいと思っているのですが、来店予約などは必要でしょうか？　〇月〇日に伺いたいのですが……」

　本日もお客様からメールが届きました。

「このたびは弊社にお問い合わせいただき誠にありがとうございます。弊社へのご来店の件ですが、〇月〇日は〇時～〇時の間でしたら対応可能ですので、事前にご来店のお時間をお聞かせいただきたく思っております。なお、事務所の行き方などご不明な点がございましたら、お気軽にご連絡いただきますよう、お願いいたします。また、ご希望条件をあらかじめ教えていただきますと、もろもろスムーズに進められると思いますので、よろしければ事前にご連絡ください。それでは当日、お待ちしております」

　確認事項の要点をまとめて、お客様にメールを返信します。

　その後、届いたお客様のご希望は、少し厳しい条件で、自社管理物件にはないし、新たに探すにも難しい内容でした。特に「ペットの猫を飼いたい」という条件は難題です。

〝うーん〟

　私は思わず頭を抱えました。希望条件のうちいくつかはクリアできるのですが、最後の「ペット可」物件が見つからない!!

ちなみにそのお客様は、親元を離れて独り立ちしようと決心し、新たな人生の再出発を考えているとのことでした。そんな事情を知ったら、こちらも何とか良い物件に巡り合ってほしい、と考えてしまいます。

そこで私は、無理を承知で「犬なら良い」という物件に対して、猫を飼うことが許してもらえるのか、物件オーナーに交渉依頼をしてみました。すると、

「少し時間をください」

と管理会社の方に言われ、私は、

「お願いします」

と返事をしました。

すると翌日、返事が返ってきました。そもそもダメもとでお願いしたことで、難しいことはわかっています。心の準備をして返事を聞いてみると、

「了解されました！」

と管理会社の方は言ってくれました。

「ええっ～本当ですか？」

猫が飼えるなら、その他の条件は満たしているので、お客様はきっと喜んでもらえる！

私は早速、お客様に連絡しました。それならすぐに見たい……とのこと。善は急げです。私はその日のうちに準備して、部屋の案内をしました。

「良いですね～。こんな物件あったのですね～。条件もぴったりですよ。ありがとうございます。嬉しいです～」

そう言われると嬉しいのはこちらも同じです。

希望の物件が見つかるというのは、まさに出会いです。ちょうど時期も良かったのかもしれません。今だから、この物件が空いていたのではないかと思います。もう少しあとだったら、他の人が決めていて、空室にはなっていなかったかもしれません。この部屋がまさに待っていてくれたのかも……？　そういう一瞬の出会いが大きな喜びを与えてくれます。

「初めて一人暮らしをするんですよ。親とは一緒にいたい気持ちもあるけど、一人でやっていく力も必要なので、試してみたいんです！」

お客様は私に自分の気持ちを話してくれました。

「お母様は寂しいでしょうけど、子どもの成長のため、目をつぶって容認してもらわないと仕方ないですよね」

と私も自分の気持ちを伝えます。

「母とはいつも連絡を取り合います」

そう笑顔で話され、最後に、

「良い不動産屋さんでよかったです！」

と言っていただきました。

私は眼鏡を調整するふりをしながら、そっとあふれるものを人差し指で拭きました。良い出会いがあったとき、本当に嬉しくなります。


お部屋探しは、人と物件の仲人役。どんな出会いが待っているのか、わかりませんが、ぴったりの出会いがあるまで、探して、喜んでいただくことが大事！

私はある日、そのぴったりなマッチングが、自分の幸せでもあることに気がつきました（^^♪

なぜなら、無事に契約が済んで仕事が終わった後は、ふっと、あたたかーい残香が私を包んでくれますから……（^^♪

リノベーション

とある物件でトイレのリフォームをしました。その際、便器を薄いピンク色のものに変えました（最新モデル！）。ＮＥＷなものは、何でもワクワクするものですね（^^♪

トイレの狭い空間のなかに棚を作り、収納もつけて、掃除用具やトイレットペーパーの補充品などは棚のなかに隠して、外観をスッキリ見せます。小さな、だけどしっかり洗える手洗いも設置！　棚の隅に一輪挿し。壁のクロスは、ちょっと見てもわからないような、白にわずかなピンクが混じっています。棚の色と収納の扉の色はこげ茶色。

賃貸アパートの退去後のリフォームは、部屋全体をよく見て、動きやすさなど考えて、リフォーム後も生活に支障のないように気をつけます。

新しめの部屋であれば、元のように修理して、きれいにお掃除して終了ですので、あまり難しくないのですが、古い物件のリフォームは、よく考えてリフォームします。

リノベーションした部屋

物件の状態を見て、リフォーム（原状回復・修復）よりも、リノベーション（付加価値を高める大規模改修）をしたほうが良いと思ったら、費用がいくらくらいかかるかを試算して、家賃をいくらで設定したら、何年で払えるかといったことを考えます。

物件のオーナーとしては、赤字で賃貸するわけにいかないので、しっかり打ち合わせをします。

あるとき、5部屋のうち4室が空室となっていたため、このままでは取り壊したほうが良いかもしれないと悩んでいたオーナーが、知人を通じて私に依頼をしてこられたことがありました。

実際に物件を見てみると、空き部屋は狭い和室で、トイレとお風呂が一緒という構造でした。これでは今どき入居する人はいなさそうな雰囲気です。

その後、何度も打ち合わせを繰り返し、部屋のリノベーションを提案しました。オーナーとしては費用対効果が不安材料です。提案したこちらとしても、リノベーションをした後の部屋を空室にしておくわけにはいかないという責任が伴います。

しばらくして、オーナーから「やってみよう」という返事が返ってきました。

そして和室だった部屋は洋間に変更され、トイレは個室を別に作りました。キッチンの流し台はカラフルな色のタイルを貼って見栄え良くします。壁はクロスの色をインパクトのあるデザインに張り替えます。

やがて見違えるような素敵な部屋が出来上がりました。

あの部屋がこんなに変わる！

生まれ変わった部屋は、写真を撮ってデザインルームとして広告に上げました。

すると数日後にはお問い合わせが入り、お客様に部屋を見てもらうと、すぐに気に入ってもらいました。

契約が1部屋成功すると、2部屋目以降は無理なく進み、空室が埋まっていきました。その物件は、ただ今満室を維持しています。

計画がうまくいったことで、私も嬉しかったですし、さらにオーナーの喜びと、入居者の喜びも一緒に感じられて幸せな気持ちになりました。

このように、まだ十分使える物件を見映え良く再生して使えるようにすれば、これはエコにつながるのではないでしょうか？　すぐに捨てることをせず、利用できるものは利用する。空室のリフォームは資産ですから、活かすに尽きます！

そうやって捨てきれずに不要な物ばかり増えたりして……（^^）/

使わないものは捨てる勇気が必要ですよ〜。そう自分に言い聞かせながら、断捨離を心がけていますが……。そんなことを考えながら、必要最小限度のスマート生活を夢見ています。

リノベーションで使いやすくなった部屋で快適に過ごしながらも、いらないものは捨てる生活！　憧れます!!

遠くから

後輩のYさんから、

「会社で、今度採用された社員に部屋を探してください」

と連絡を受けました。私は早々に連絡を取り、条件を聞きました。

「熊本には初めて来ます。ですから地理のことはよくわかりません」

大学を卒業して初めて社会人となり、就職が決まって喜びもつかの間、見知らぬ土地での生活が待っているというわけです。期待半面、不安も大きいことでしょう。どのような部屋がいいのか、それさえもよくわからない。

私は実際に部屋を見てもらいながら、いろいろと聞くしかないと判断しました。いくつかピックアップした部屋を、一緒に見ながら、少しずつ見て回れば、気に入った物件が見つかるかもしれません。

こんなときは、まず「生活しやすいところ」という条件を優先で考えます。会社までの距離、周りにスーパーや買い物できるところがあるか、コンビニとかも見てみます。また、車を使わないとき、市街地までのアクセスが良いかどうかなど。

それから部屋の内部の説明もします。これは希望を聞きます。好きなことや趣味のこと、部屋に友人を連れてくることが好きなのか、休日はどんなことで時間を過ごすことが多いか、料理は自分で作るのかどうかなど。質問形式ではなく、話の流れから聞き出します。なるべく相手を不安にさせないことに気を使います。

話をするうちに打ち解けることができるようになり、どんな部屋がいいのか、私のなかでイメージが出来上がっていきます。

そうしてなんとか条件がぴったり合う部屋が見つかりました。

「ここに決めます」

新入社員さんの不安が、希望に変わった瞬間です！

実は、この部屋を見る前にちょっとしたトラブルがありました。

空き部屋がある4階の階段を上るとき、ドアの前まで来て、鍵を取ってくるのを忘れたことに気づいたのです！　ええっ？　何てこと……。4階の階段を2往復するのか!!（@_@）　私もトシだあ！　苦しい……（でも、そんな顔は微塵も見せませんでしたよ～）。

ともかく私は急いで階段を下り、愛車に置きっぱなしの鍵を手に取って、もう一度階段を駆け上がりました。部屋の前で待つ新入社員さんの前では涼しい顔をして

「それでは開けますね」と言って、ドアを開けた瞬間の表情に注意します。

新入社員さんの顔の表情が変わりました。

部屋には洗濯機、電子レンジ、冷蔵庫が設置してありました。新しく買う必要がなく、経費を節約できます。8帖の洋間の天井は少し斜めの部分が屋根裏部屋の雰囲気を出していました。プライベートの時間が充実しそうな予感を出しています。

すぐに気に入ってお申込みです。条件がぴったり合いました。良かった!!

互いに相槌を打ちます。

遠いところからの旅立ちは、これから社会人として、世のなかに出るためのステップに過ぎません……。これからもっといろいろなことに出くわして、喜んだり悲しんだりして、大人になっていくことでしょう。私は一つの手助けをしただけです。けれどもずっと記憶に残りますし、今後も気になります。

無事に入居できたら、ひとまず、さようならです。次に出会うときまで……。

友

「今から物件を見に行かない？」

突然、友人のMさんからの電話がありました。

時計は午後8時を過ぎています。場所を聞くと遠くではないようでしたが、夜で真っ暗のなかを、見に行くつもりのようです。私は断る理由もなく、OKの返事をしました。

彼女が売り物件を預かってきて、まず現地を確認して、資料作成にかかるというわけです。売買契約をすることはスピードが大事です。それにしても、時間も関係なく、一般的には、休む時間でしょう、と思いますが、そういうことは、あまり問題ではありません。動けるときに動く！（なんて勇ましいコト……フフ）

私は懐中電灯を取り出し（車のなかに常備しています（^_-）-☆）、出発しました。途中で合流します。一つの車に乗って行くのですが、すぐ着きそうもありませんよ。

そのとき、夕食は食べていたかどうか、よくわかりません。けれども目の前にするべきことがあれば動きます。食事なんて、する暇な～い。

いつも腹ペコ……（ガリガリみたいでしょ？）。

現場近くの道路沿いに到着し、車を降りて外を見ると、目の前に広い土地がありました。確かに売れそうな土地に見えます。ですが、実際に土地を売るためには、たくさんのことを調査しなければなりません。時間はあってないようなものです。

現場を確認できたらほっとして、お腹がすいてきました～。

とりあえず近くの開いているお店を探して、休憩！（さっきのガリガリはどこ行った？）

難しい問題やことに当たったとき、一人で解決しようとすると、とても大変なことになりますので、私はそれぞれに詳しい人に相談します。身近にいる友人には、助けられたり、助けたり……。もっとも私は助けられるほうが断然多いのですが（笑）。

少しでも多く経験を積めば、不安から解放されやすくなります。「知らないから不安になる」。どこかで読んだ本の内容だったと思います。

知らないことは確認作業をすることで、雲が晴れていくように謎が明らかになっていきますが、確実なことを追求しようとすれば、妥協は許されません。わからない状態で物事を進めると、すぐに問題発生となります。

そのジグザグ道は果てしなく……本当はきれいな道路が良いけれど、それはよく見る景色が続いていくだけ。何も考えなくても、心配いらない状態。

どうやら私は、よたよたとジグザグ道を進みながら、見たこともない景色に感動を覚えるのが好きみたいです。自分で許せるだけのギリギリの線を進んで、「また明日！」と言いながら一日を終わる。

そして寝る前に、ケーキとコーヒーを頼むことも大好き。

美容に大敵なんて、言っていられませんよ〜。仕事の鬼と化したさきほどは、一体何だったのだろう⁉　ほんのつかの間、ユルシテ（^^）/

友人はありがたい存在です。仕事は楽しんでいる暇もなく、次々とやってきます。一つひとつを淡々と処理していく作業は、先のことなど目がいかず、ただ、今を見つめて処理をしていくようなもの……。そのことの連続のような気がします。

はかない楽しみを求めて、友人たちとスイーツをつまみながら、とてつもない会話で盛り上がり、発散しているのでしょうか？

新しい生活

「もしもし……こんにちは」

かかってきた電話の声に聞き覚えがありました。

「お久しぶりです」

「今度また熊本に帰ってくることになりましたよ～。それでまた部屋を探していただきたいのですが……」

「もちろんです。またお会いできますね～」

お得意様からの電話でした。彼女は引っ越しのたびに、連絡をしてくれます。そのたびに私は希望条件を詳細に聞いて、一つでも多く希望を取り入れながら探します。

人は生活して何年か経つうちに、家族の形態も変わり、仕事の関係や子どもたちの成長もあり、学校の問題、通勤の問題、買い物や交通の便など、新しい数多くの問題に直面します。だからこそ私は、一つひとつ丁寧にしっかり考えて提案していきます。

さらに、これだけは譲れないこだわりの条件も……。それは話を聞いていくうちに、だんだんとわかってきます。いつしか周知の友のようになって、話題は部屋探しから、別のあらぬほうへと発展していくことがあります。そういうところも面白く、話しながら「もうあそこしかないなあ……」と頭のなかに、条件に合いそうなアパートが浮かんでいます（^^♪

「あなたに決めてもらいたい」

そう言って来られると、目じりから熱いものがこぼれてきます。そっと眼鏡を直すしぐさで、わからないようごまかします（笑）。

地元に何十年も住み続けていると、どこに何があって、これが便利だと思うものが多少はわかっていると自負していますが、自分が把握している最大限のアドバイスでも、不足しているところは出てきます。そこは大目に見てもらいましょう(^^)／

不動産は買うにしても、借りるにしても金額が大きいですから、すぐには決められません。不動産会社のスタッフだからといっても、信用できる人を一目で理解するというのは至難のわざです。

信頼されることは大切ですが、それは時間をかけて作り上げていくものだと、勝手に考えています。コツコツと積み上げていって、あたかも自然のごとく、素直に信頼を得られるようにしたいと思うこのごろです。

目まぐるしく変化している世のなかです。表面は変わっていきますが、普遍的なものはあると思っています。それは何かというと、「愛」ではないかと思います。底に流れているもの……。

ありきたりのことかもしれませんが「愛」が本当にあるかどうか、仕事の出来不出来を反省してみると、「上手くいかなかったとき、愛があったか？」を自問自答します。不出来なときは、たぶん間違いなく不足していたに違いない、と思い当たり、反省するのです。

これは感情を持っている「人間」だからこそできること！　今後はＡＩの普及で、人がいらなくなる仕事が増えそうな予感があるけど……。

不動産の仕事も将来はわからないかもしれない……不安要素がたくさんです。ただ、人間でなければできないところに、生きていける部分が存在するだろうと思うのです。

新しい生活、工夫する生活、潤いのある生活。

そういうものを模索して日々邁進‼

これからも飽きることなく、いつもハラハラドキドキを繰り返すことになりそうです。

屋形船

これから起業をする人たちで、同じホームページを使って仕事をする会社が集まって、懇親会がありました。東京の隅田川を走っていきました。屋形船。

田舎から出てきて、仕事の内容も説明できるほどの経験も乏しく、初めて会う人たちと、なじむことができるかどうか、不安は尽きぬまま、目の前に並ぶご馳走に、ごまかされそうになります（笑）

屋形船は隅田川を走り、お台場まで行きました。屋形船のなかは、魚や肉の料理がたくさん並び、和やかに会食が始まりました。初対面の人たちは、ただ単に初めての会見というだけでなく、これから始まる新しいことに挑戦する意欲と不安に満ちている人たちの集まりでした。だから私も、一人でも多くの人と接見し、見聞を広めたいと思っていました。

目の前の食事は、参加する面々の不安を打ち消すように、たくさん並べてありました（笑）

船の外は、だんだん薄暗くなってきます。船内の雰囲気は、お酒の力もあって騒々しくなりました。懇親会の主催者は、みんなの気持ちをほぐすように、話しかけてくれます。

参加者のなかには、すでに会社を経営していて、今後の方針を変えてみようと考えている人もいたことでしょう。

まだ起業したばかりの私は、これから海のものとも、山のものともわからない、新会社を経営していくのに、インターネットを取り入れようと決めたばかりでした。何もかも初めて尽くしで、張り裂けそうな思いで懇親会に参加したのです。

いざとなったら、どうにかなるさ!!　どうしようもないのですから……。

一つひとつできることをやっていくしかない！　真新しいことの連続です。

手始めにお隣さんと会話を始めます。すると不安なのは私だけではなかった(^_-)-☆　誰でも先行きのことは、何かと不安なことがあるものだと気づきました。

励ましあってやっていけばいい！

ホームページの型を作った会社が主催者です。これからインターネット不動産をやり続ける限り、お付き合いをする会社です。

主催会社は、パソコンの使い方から指導してくれるそうです。私が不安になっていることを払拭してくれます。言葉では、そう言って、私を安心させてくれますが、本当かどうかまだ疑っているところが、私にはありました。質問攻めをしたら、面倒がって相手にしてくれないかも……不安はよぎります。

しかし、起業の前に、インターネット不動産をすでに成功に近いところまで行っている会社を訪ねて、確認しました。それを信じて始めたわけです。私は賭けてみることにしたのです。

会の主催者は、繰り返し、私がわかるまで根気よく話をしてくれます。インターネットを使って仕事をすることの大切なこと、「周りにいる同じような人たちとともに助け合いながら頑張っていくのですよ。競争ではなく、助け合っていきますから。そういう団体を作っていきます」と力説されました。目の前のご馳走を食べながら、これから長い道のりを共にするだろうことを感じました。

名刺交換が始まります。これからもよろしくお願いしま～ス（^^）_U~~

この場にいて、ここまでやってきたことに不思議な縁を感じました。

あれから十数年が経ちました。

インターネット不動産として出発し、同じ仲間の方たちと交流し、会話し、励まし合ううちに、いつの間にか歩き出していました。

軸はホームページ運営。ここから外れないようにしたいと思いました。そうして私の小さな会社ができました。いつまでも初心者のような私ですが、業歴だけは、ずいぶん長くなりました。不動産の仕事に就いてから、すでに四半世紀！　歳がばれますからこの辺で……（^_-）-☆

これまでずいぶん長い時間を過ごし、たくさんの人たちに出会い、たくさんのお客様と出会い、たくさんのお友だち、仲間ができました。

あのとき、屋形船で感じた不安や希望はいつまでも私の心にしまってあります。走り出した船は、もう止まることなく、振り返ることもなく……ただ進んでいくだけ……。

第2章

いけ花と私

はるは来る

冬も終わりに近づき、徐々にコートの生地も薄くなっていきます。私はいつも外出する際、足元だけは冷やさないように気をつけています。２枚重ねのストッキングで足を覆えば、さあ大丈夫！

季節はもうすぐ春です。狭い会場ですが、ぎっしりと棚にいけ花の作品が並びました。場所はデパートの地下通路ですが、駐車場へつながったり、新館と本館をつないでいる場所なので、人の往来が多いところです。いけ花に興味のある方も、興味のない方も通ります。はたしてどれくらいの足が止まるのか？　会場にはいくつもの作品が並びました。色とりどり、種類も数多く、春のいけ花が並んでいます。

辺りは華やか。会場内を通りゆく人々が、自分のいけた花を見てくれたら、何がしかの反応があるかもしれないと期待して、とりどりの花器に花をいけています。

私はほっそりした茶色の銅器にいけました。茶色の器に黄色の花が合い、黄色の花には紫の花がよく合います。

春の華やかさと、冬の寒さをじっと我慢して待った春の暖かさに、ウキウキした感情を表したい！

そう思った私は、主材をのびのびとしたレンギョウにしました。花の色は紫のリューココリーネにしました。冬に咲くスイセンの葉をもちいて動きを出します。

会場を訪れた人が展示されたいけ花を見たことで、幸せな気分になっていただけたら、いけたほうも幸せを感じてきます。これがいけ花の醍醐味です。人と人の見えない絆を作っていきます。とはいえ、表現することって難しいなあ。何をどうやって表すか……思案どころです。

たくさんの花のなかから、気に入ったものを選んでも、それをうまく作品に活かすには、やはり技術が必要なのです。いけているうちに手は冷たい水を扱って、ひび割れができてきます。ばんそうこうを貼りながら……生みの苦しみ……くじけそうになります。これを何とか楽しみに変えたい！　気持ちの切り替えが必要かもしれない……。

いけ上がった花を目の前に飾れば、そこにはもう、苦労や苦痛などどこにもありません。花でいっぱいの会場は笑顔であふれていました。

いけ花をいけるためには、基本の技術を学ぶ必要がありますが、学んだ技術を生かして、創作をします。テーマをもったほうが、見てくれた人により伝わりやすい作品ができると思います。

花や木を使って花器にいけていきます。何の花や木を使うかを決めたら、主役を中心にして、別の花や木を配置していきます。主役は大切ですから、それに合う花を配置するときに、色彩の状態、花や木との関係やバランスなど考えて配置していくと、より強くインパクトがあると思います。

私は自分自身を輝かせることに疎いので、せめて花の力を借りて、輝いていたい！などと考える輩でゴザイマス〜（笑）。

後日、花の展示を見てくれた友人が写真を撮ってメールで送ってくれました。会場の花は見てもらって喜んでいるでしょう。そしてもちろん、見た人たちの幸せを願って咲きほこっています。

はるは確実にやってきます。目の前に！

沖縄大会

ちょうど行きたいと思っていた沖縄で、いけ花の全国大会が開催されることになりました。良いタイミングでもあるし、私はその全国大会に「行きます」と答えてしまいました。

数千人のいけ花をやっている人が沖縄に集まりました。大きな会場で会議があり、そのなかから、花をいけて展示する人たちのなかに私も交わることになりました。

私は熊本から持参してきた花と道具を出していけた花を数日間展示します。事前に準備はしてきたのですが、そそうがないように気を使います。いけ終わったら大勢の人たちとともに行動をします（^^）_U~~

毎朝、水を替え、枯れている花を新しいものと交換します。その作業が一通り終わると、他にいけられたたくさんのいけ花を鑑賞します。

なんて優雅なひと時でしょう！

この全国大会は一つのチームとしての行動が優先なので、ゆっくり鑑賞に浸って

美ら海水族館のジンベイザメ

いるまもなく、次の行動に移ります。右往左往します。

なかなか日の午後、やっと時間が空きました。

美ら海水族館へ直行です。大きな水族館には、珍しい魚がいろいろといました。見学できたので良かった！ ほっとします。海からの風は乾いていて、心地良くさせてくれました。

沖縄は変わった食事が多く、ほど良いものを食べました。産地で多いものを食べます。

毎日花のお守りをすることで、見に来ていただいたお客様にほっとしてもらえる……。お客様を感動させるような花をいけたい。いけ上がった花に自分だけがほっとしている……なぁんて（笑）。まだまだですね（^^♪

先の長いものは、目の前を見ながら進んでいくしかないと、心に言い聞かせ、ただ経験を積んでいるだけ。

いけ花をしてきた結果がいつどういう形で現れるのか、皆目見当もつかないのですが、目の前を見て楽しみたい。そのうちいつか、どういう形かわからないけれども、見え隠れしながら、分身のように私にまつわりついてくるのかもしれない……。淡い期待を持ちながら……。

「毎日の花のお守り、ご苦労様!!」。そう自分に言い聞かせて、沖縄を後にしました。沖縄での全国大会が終わった安心感もあってぐったり。

飛行機で飛びたった直前に窓からボーっと眺めていると、島の様子が青いサンゴ礁に囲まれ、なんときれいなの。オーラが差し込んでいたように思えました。

これでいい！　この一瞬が欲しかった（^^♪

こんなきれいなものを久しぶりに見た！

また来よう！　今度は、きっとプライベートにする！

沖縄には独自の沖縄時間があるそうです。ゆっくりと時間が過ぎていく……。それは台風慣れしたせいか、風土の慣習が一番良いと思えることをやっているだけ。だから自分にとって最もいいことは、良い習慣を作り、持つこと！

私も無理なく自然に、美しいものを作り出すことに精を出したい……。

そう考えさせる沖縄の旅でした。

マンゴー

知人からマンゴーが送られてきました。こんなに甘いものだったとは、知りませんでした。楕円形の個性的な形をしています。色は赤に近いオレンジ色です。大きさは両手に収まらないくらい。

マンゴーはある日突然、送られてきました！　以前、私が沖縄に行ったこと、そこでどんな時間を過ごしたかをお話しした方からの贈り物でした。

箱を開けるといい香りがプンときて、食いしん坊の私は早く食べたいと気もそぞろになりました〜。

沖縄は食事も良いのですが、とにかく海のきれいさに圧倒されます。ですが、前に訪れたときは気ままな旅ではなかったので、きれいな景色もちゃんと見ることなく時間が経ってしまったのです。

なにしろ、そのときの私はいけ花のイベントに参加するために沖縄に来ていたのですから、ゆっくり観光というわけにはいきませんでした。全国大会だったために、華道の家元も出席して、大変な人数でした。沖縄の中心部のホテルも埋まってしまうほどの大人数です。

イベント当日は雨が強かったので、会場までタクシーを使って荷物を運びました。車に乗るときもずぶぬれになりながらの移動。ああ、雨よ！　しばらくの間、止んでいてほしい!!

たくさんの材料を持ちこんで、用意した花器に花をいけます。むせるような会場の雰囲気に飲み込まれそうになりながら1本1本といけていきます。

完成までは数時間かかりました。いけ上がった花を見てみると、ほっと安堵します。すると急にお腹がすきました>.<

沖縄の思い出のマンゴー

団体での行動ですから周りに気を使います。でも終わった後の食事は、格別！

いけ花は、花をいける楽しみと同時に周りの人たちから、教わることがたくさんあります。コミュニケーションがうまくなり、生活のなかで役に立つことが多いと感じています。生活上手になる早道かもしれない……。私は心でそう思いながら、しっかりと前を向いて歩いていこうと思いました。

大人数のなかの団体行動ですから周りの景色に現を抜かすわけにいきません(V_V)それでもときどきは息を抜きます。慣れない団体行動をしていると、何にもまして気を使います。くたくたになってしまいます……。

最後に見た沖縄の景色は、空からの海の色でした。それは、「来て良かった！」と心から思えるものでした。サンゴの青い色が陸地を囲っています。深紅の海色！沖縄を去る前においしくいただいた食事も、疲れた心を癒してくれました。とくにマンゴーの味が良かった。また食べたいと思いました。

いただき物のマンゴーを食べながら、「こんなにおいしかったかなあ？」と驚きながら、沖縄のことを思い出していました。

マンゴーを送ってくださった方は、私が沖縄のいけ花のイベント中、自由な時間もままならず、諸々に気を使い、花のお守りにくたくたになっていたのではないかと推察されたのだろうと思いました。

沖縄はもっと楽しいことがたくさんあるということを伝えたかったのだと思います。

今度、プライベートで行きますよ〜。

講習会

毎年、秋ごろになると、市内中心部にあるデパートのホールで、いけ花の講習会が催されます。広い会場には参加者がたくさん集まってきて、席も全部埋め尽くされそうなくらいです。私はいつも早めに会場に入って席を確保して、見やすい場所で観覧するようにしています。

講習会で講師の方のお話を聞きながら、なぜか私は自宅の庭に咲いた花のことを考えていました。

ちょうどそのころ、自宅の庭の片隅には黄色いフリージアの花が咲いていました。フリージアは4輪、5輪の花を細い枝でささえながら咲きます。先のほうに一番開いている花。そのすぐ横に少し開きかかっている花。そしてつぼみ、また少し後方に小さなつぼみ……。

香水よりも強いくらいの香りが漂っています。私は程良い開きの花を切って花瓶に差しました。すると狭い事務所が途端に良い香りに包まれました。そう、いい感じ。良い気持ちでお仕事、お仕事！

花の持つエネルギーは、生きながら放つ目に見えない力が、人に与えられるものだと思っています。今では、ほんと！　元気になるんですもの〉〉

せっかく庭の花を机の上にいけて飾るならば、見かけも、良いほうが良いに決まってる！　だから花を上手にいけられるよう、学びたい。どんな形が良いのか自分でやってみるのもいいけれど、何か良い方法があるに違いない……。

私がいけ花を始めたのは、そこからの始まりでした。毎日の暮らしに直結しているいけ花は、きっと生活を豊かに潤してくれるだろうと考えたのです。

いけ花の講習会

講師の話に耳を傾けながら、興味津々で講義を受けます。今度はもう少し上手にいけた花を、机の上に飾ってみようと思いながら……。

午後からは実際に花をいけて見せてもらいました。またなんと素早く見事な花がいけられていくのでしょう！

私もそんなふうになりたい！　人に見せられるような花を素早くいけてみたい。そう思わずにはいられませんでした。

講習会で学ぶことによって、いけ花は日本の伝統文化であること、華道という道のりがあることが、徐々にわかっていきます。

島国の日本は独特の文化が芽生えました。それを日本文化というのならば、環境としての文化があり、その恩恵を受けて、成長してきたことを感じなければいけないのだろうと思えてきます。

1年に1度の講習会ですが、毎年、新しい花の流れを教えてくれます。基本的なことを、学ぶことは当然のことです。その年その年の流行があるわけですが、基本の形からの変化ということになります。

だからこそ、学ぶ時間を大切にしたいと思えてくるのです。そうしてやがていけたい花がいけられるようになる。そう信じて、ずっと続けています。ずいぶんと気の長い話ですが、一瞬一瞬のつながりで続いていることに気づかされています。

暮らしのなかに根付く花を、今、さりげなく机の上にでも、いけられるかなあ……？　私の小さな空間も良い香りに包まれて、幸せな生活の一端を感じられているかな？

初いけ式

1年の初めに改まったことをするのは気持ちが良いものです。「今年こそはなんとか良い年にしたい」、「楽しく過ごしたい！」など、いろいろと欲望は尽きません。

2019年の初いけ式は着物を着てみました。日本の伝統的な着物は着ると気持ちが良いものですが、面倒なのです。洋服のようにはいきません。自分でできない部分は手伝ってもらって、移動するのも大変です。

鏡に映った姿を見てみると、まるで別人がいます（笑）。少し、動きもそれらしくなります。言葉使いも、いつもと確かに違っているように感じます。

毎年、年の初めに初いけの儀式（初いけ式）が行われるのですが、この年は私がいける当番でした。着物を着て厳かに儀式を行います。

いつもは賑やかな会場もシーンとしています。間違えないように、器を倒さないように気をつけて花をいけます。

寒いときに咲くスイセンは凛としていて、見る人の背筋が思わず伸びます。

ほっそりとした茶色い銅器の器に花をいけていきます。毎年当番が割り当てられる形でいける人が決められていて、今年の当番に当たったのですが、やっぱり見るよりも、いけたほうが楽しい。

新たな年はきっと良いことがありますように、と願います。

漢字の「和」は、「輪」にもつながっていますので、誰でもつながっていくことで、世界が広がっていくという意味も含んでいるように感じます。日本的なもの、伝統的なものという意味では興味深いものがあります。

初いけ式を終えた私は、特別な着物姿の身の上ということもあって、なんとも気持ちの良い感情が込みあげてきました。機会があれば、着物着るべし――。もう少しこのままで（誰に見せるわけでもないのに……♪♪）。

初いけ式は厳かなうちに終わりました。そしてそのまま宴会に突入です。ご馳走を食べながら歌う人あり、踊る人ありで、にぎやかに終わりました。

当日私が着ていた着物は、藤色の模様の入った、この先いつまでも着られそうな落ち着いた柄のお気に入りでした。これからもことあるごとに、着物の出番がやってきそうですよ～。

真剣なまなざしで式に参加している様子の写真もたくさん撮ってもらっていましたぁよ～。ふむふむ……良い顔しているんじゃな～い（^^♪

取材

事務所のなかの不要なものを捨てて、散らかっているものを片付けました。最低限必要なものだけを残すように、思い切って掃除をしました。さすがに部屋は整然となりましたが、なぜいつもこんなふうにできないのかなと自分を戒めたくなります。

こうなると狭い事務所が若干広く見えます。私は机の上と棚の上に小さな花をいけました。花の色と香りが、無機質の部屋を生き返らせています。「花は人を呼ぶ」そう聞いています。

今日はテレビの取材を受ける日です。

インターネット不動産のホームページから、仕事以外に反響があるものですね〜。

突然の電話の向こうで、ただの広告営業ではないのを感じて、話を聞くことになりました。マイベストプロという企画があって、不動産と華道のプロとして、登録することになったのです。テレビ局との連携があって、私のテレビコマーシャルの取材を申し込まれました。

来客用にコーヒーとお菓子を用意して、少しだけお持ち帰り用のものを用意しました。コーヒーカップもちょっとオシャレなものにしよう！

今からテレビの撮影が始まります。

準備ばかりが忙しく、撮影で何を話すのか頭に浮かびませんが、これでいいのでしょうか？　ぶっつけ本番です（＞＿＜）

「これで大丈夫、準備は良好」

と心で唱えます。

「今お仕事をされているなかで、特にどのようなことに気をつけていらっしゃいますか？」

質問が始まりました。私はインタビューを受けているというわけです。カメラマンの方は、姿勢をのけぞったり、右に左に行ったりして、私がしゃべっているのを映し続けておられます。

私は懸命にインタビューに答えながら、どんなふうに映っているのか気になりましたが、途中で「もうどうでもいい」と、開き直りました。でも少しは映り良くしてほしい！（切なる願い　笑）。

仕事のときの会話は、いつも相手のことを考えながら話していますが、インタビューはこちらが何を話そうかと思わなくても考えなくても、相手から聞いてもらえるので、普段通りにおしゃべりしているような感覚になりました。

このインタビューによって、私が不動産会社を経営していくために、欠かすことのできないものが浮き彫りになりました。自分のことを、立ち止まって考えるきっかけとなりました。

「不動産のお仕事で、一番力を注いでおられることは、どんなことでしょうか？」

という質問に、

「物件を持っているオーナーさんと、条件に合う物件を探しているお客様とのマッチング（仲人役）に力を注ぎたいと思います」

と答えていました。

「そのためにすることはたくさんあります。入居しやすい部屋を作るためにリフォームの提案をします。そのときに、いけ花で培った美的なものの感覚を生かしていきます。満室経営を目指し、お客様にも満足してもらえます」

不動産と花はまったく別物であって、私のなかには相反する心があって、もしかしたら錯乱しているかも？　なあんて、自問自答したこともありますよ（笑）。

けれども、質問を受けながら、感じたことは、毎日の生活をいかに快適に過ごすかという点で、一致していることに気がつきました。

それは自分だけの問題ではなく、関係する多くの人たちへの提供に、広がることだという認識を持てたということになります。

これでいい……準備は良好……自分に言い聞かせてつぶやきます。

趣味で始めたいけ花だったのですが、始めてからすでに四半世紀を大きく過ぎ、もはや体の一部になっているようです。

カメラマンの方に「花をいけているところをぜひ撮りたい」と言われて、一応事前に準備をしていましたが、心臓の鼓動が隣人にも届くのではないかというほど大きく鳴っていました（^_^;）☆

不動産と花。

これって一体どうやって結びつくのだろう？　二つを行き来している私はずっと長い間、自問自答を繰り返し、解決のできないものを抱えて悩んできました。

インタビューを受けながら、だんだんと見えてくるものがありました。

今にして思えば、最初の取引先は花に関係のあるところでした。

そして、今もお付き合いのある方たちは、花にまつわる何らかの関係性があり、それでつながってきていることに気がついたのです。

「花は人を招く」

……そんな言葉が頭をよぎります。相手を思いやる心で仕事する……。

放送が始まると、知人から電話のラッシュです。こんな日も来るのだなあと不思議でした。

取材時にいけた花

経験を重ねながら、周りがだんだんと鮮明になってくるのかもしれません。

自分にしかできないこと！

それを模索する良い機会だったと、心に呟きながら……。

二兎を追う

「二兎を追うもの、一兎をも得ず、というから、あれもこれもというわけにはいかないよね」

知人が誰に言うともなく口ずさんでいました。

なんだかそう言われると、私のことかな？　とも思うのですが、私はまだ得ているとは思えませんので、あまり気にすることはやめておきます。

一つのことに集中して継続することは、大切なことです。私はいつも「継続は力なり」と思いながら、仕事や趣味を続けてきました。その間のふとした瞬間、時間が余るとき、まったく別のことが頭に浮かんできます。まるでまったく逆のこと。

そのとき私は、怖いことと楽しいこと、悲しいことと嬉しいことなどが、共存していることを感じてしまいます。

そのうち、本や新聞、雑誌などでも、似たようなことを活字から見つけることができました。特に作家の遠藤周作の本が面白く、いろいろ読んでみました。そのなかで「ユーモアとペーソス」という言葉があったのが記憶に残っています。

また、最近では、「真面目にふざける」という言葉をどこかで聞きました。反対のものが一対になっていることの不思議さを感じる今日このごろです。

例えば、不動産といけ花もそうです。

この相反する二つのことは、私のなかでいつの間にか融合されていて、絡み合い、相乗効果をもたらしているようです。両方を行ったり来たりして、忙しそうに見えますが、実はそうでもありません。案外まっすぐに立っている、その足は「ゆっくりと急いで」いるのです。

私はいけ花で創作の原点を学びました。

陰と陽の世界を作り出していく……相反するもの……長いものと短いもの、太いものと細いもの、広いものと狭いもの、美しいものと醜いもの？　これは余分かな

(^^♪

最近は、私のなかのまるで反対の二つのものが共存しているということが、嘘ではなかったのだと思えるようになってきました。時として二つのことはどちらかが陽で片方が陰となるのでしょう。

「バンザイ(^^)_U~~」

と叫びたい。

自然に足が向くままに、流れていく……。

好きなことをやっていく、継続してやる……。

そのうちに、いつの間にか年を取っていく。

やれるうちにやらなければ、すぐに一生が終わってしまう。なんてこった!!

部屋の片隅にいけられた紫色の花は、何もない部屋に色を付けています。豊かな香りを放っている花は、話しかけたら、返事をしてくれそうです。寂しいときは、そこに誰かいると思えます。

頭のなかが仕事でいっぱいになったとき、見るともなく見る花。少なくとも、少し心を軽くしてくれます。相反するものが共存するときに、まっすぐに立てるのかもしれません。
鼻歌を歌いながら、今日の難交渉のことが頭に浮かんできています……。

第3章　日々のこと

Mくん

M君の偉大さを感じました。

どこに行くのも、一緒に行きます。慣れたハンドル、座り心地、ちょうどいい按配でほっとします。何度か車検をしましたが、まだピカピカに私の眼には映ります。

M君は来る日も来る日も私を守ってくれます。

小回りの利く小さな車ですが、坂道でも平気なようにターボ付きです（もっともあまりスピードは出しませんが、運転力の問題があります……笑）。

ある日、傷ついたM君は、しばらく修理工場に入院していました。いつもそばにいて、空気みたいにしているのが当たり前のようだったけど、離れてみると……寂しいなあー不自由だなあー（これはM君に内緒！）。

M君は日々、さまざまなことをする私といつも一緒です。仕事でよく使う道を通るとき、お気に入りの橋を渡るとき、狭いところに止まるときも、私の思うように、私の力加減のむらにも協力してくれるんです！　大切な友で〜ス。

私は人の話に耳を傾けるとき、相手の思うところや心にくすぶっていること、何を希望しているのだろうとよく聞いて、自分なりに咀嚼して確かめるように心がけています。そこからいろいろな話題に発展していくのが楽しい。

私の仕事は「人のお世話をする」ことだと考えていますので、自分の持っている精一杯の力をフル活用して、良い知恵を出そうと思っています。けれども、実際はこちらが教えてもらったり、知恵を貸してもらったりすることが多くて……これでいいのかなあ（笑）。


そうやってコミュニケーションをとりながら、たくさんの人たちとの和が広がっていくんですね〜。だから私は、いつもずっと相手の話に耳を傾け、話を聞きます。


そんな私を乗せたM君は、今度は私の話に耳を傾けて、じっと聞いてくれます。眠くなった……。歌でも聞きたい……。あと何分であそこまで行かなければいけない……。あ、そこで止まって、書類を渡そう……。電話連絡しておかなければ……。

などと、わがまま放題！

カーオーディオから大好きな、ミスチルの歌声が聞こえてきます。もう少しそのまま走りたい……。

愛車のMくん

〜ダメダメ、容赦なく次の予定が待っています。

M君が修理から戻るまで、我慢して待ちました……。数日かかりました。

おかえり!!　退院です。待ち遠しかった。

元通りになったよ。ピカピカになったよ。

久しぶりのM君は、こちらをみて笑っています。もちろん私も笑顔^.^

さあ、またいつものように、私を守ってね！

ハンドルは前よりも少しだけ、お手柔らかになったかな？　皮で包んだシートは見慣れたいつものだ！　小さいながらも愛おしい！

洒落た飾りもないけれど、何の色もないけれど……。

女子会ランチ

ちょっと豪華なランチを、お仲間の女子と一緒に楽しんできました。

女子と言っても、年齢は結構高めの女子会なのですが、みんな元気で賑やかです。

話題がよくぞあるものだと感心してしまいます。話の切れ間がありません。この女子会数人のメンバーのなかから、熊本城マラソンに二人も出たのも納得です。

話を聞いているだけでもいいのですが、やはり発言もしたくなってきます。最初は相槌を打つのが精いっぱいだったけど、だんだん慣れてきて、じわじわとその領域のなかに侵入！　自分がやったこと、見たこと、聞いたことを披露します。そのなかには、いつも仕事の内容が盛り込まれています。なにしろ女子会の仲間は皆自営業者。バリバリだから。

私がやっている不動産の仕事は複雑を極めますので、一人で処理できないことも数多く、周りの相談できる弁護士、司法書士、税理士などの諸先生方と親しくしておくと何かにつけ助かります。

県庁、市役所で物件調査をすることもよくあります。それなりのところに相談する機会も多いのですが、その前にこうして皆に話して知恵を出してもらい、参考にさせてもらうことも多いのです。

食事をしながらあれこれと経験談が飛び交います。上手くいっていないこと、手伝ってもらいたいこと、いろんなケースがあります。ちょっと豪華なランチを食べながら、こうして談笑する時間は大切な時間なのです。

女子会でのランチ

何時の間にか、お皿のなかは、荒炊きの骨が山盛りになっていました。最後のコーヒーとデザートもきれいになくなりました。満腹。

周りにたくさんいたほかのお客さんたちもいつの間にかいなくなっています。店内は静かになっていました。

「もうラストオーダーです」

お店の担当者から声をかけられるというのも、しばしば……。

この食事会という名の女子会は、順番に次の日時と場所を決めているのですが、次の担当者がわからないことが多いので、いつも適当に回ってきます。

女子会を通じて、初めて行くお店を経験することも楽しいです。話題は仕事のことから始まって、それぞれの家族のこと、趣味のことなどをよく話します。よく考えてみると、オシャレにまつわる何がしかの情報が少ないなあ(^^♪

自分を丸ごと晒し、それを個性として生きていくことで、あれこれ変化させる必要はなく、一定の形で仕事や趣味に専念すれば、少し気楽にやっていけそうだと、最近気づかされています。

やりたいことを、やれるだけやる!

最近は、あっという間に年を取っている気がします。気がつけば階段を上って、ふうふう言っていますよ〜。

とにかく今が大事。このときにできることを、無理することなくやる! 心のなかで反復しています……。

猫

春の植木市で、花木を探そうと物色していましたら、植木をおいてある近くに、休憩のベンチがありました。ようやく春の温かい陽の光が一面を照らし、ぽかぽかと気持ちよい陽気があたりに漂っていました。

あるベンチだけが特にぽかぽかしていると思ったら、服をまとい、ちょこんと座っている猫を発見しました。思わずさわりたくなりました。

身体は白いふさふさの毛で顔は黒い毛。その顔のなかにエメラルド色のまん丸い目が光っています。豪華な服を着て台の上にお飾りのように座っていました。

「ヒマラヤ猫です」

と猫の飼い主さんは教えてくれました。

「触ってもいいですか？」

とお願いして触ってみると、ふさふさで気持ち良い >.>

思わず以前、飼っていた猫を思い出しました。掌に乗るほどの小さな子猫を知人が連れてきたことがあったのです。

「かわいい！」と気に入ってしまった私はすぐに、子猫の虜になりました。けれども家で飼うわけにはいきません。毎日毎日仕事に生活に、奮闘している身の上です、とても世話などできっこない！

そのとき知人は、

「2、3日預かってほしい！」

そう言いました。

「預かる？」

知人が言うには、エサも置いていくし籠も持ち帰るのに必要だから、置いていくとのこと。

それでは2、3日楽しみましょうか？ というわけで預かることにしました。

これが運命の曲がり角（？）になるなんて、そのときは予想できなかったのです。目の前のあどけない姿にメロメロだったのです。2、3日の楽しい時間をありがとう。「2、3日預かってほしい！」の言葉をしっかり心に刻みつつ、すっかり夢中になっていました……。

3日後、いよいよ今日で猫ともお別れという日がやってきました。

10年前に亡くなった飼い猫「ロン」

ところが知人は電話で、

「少し遅れます、けれども必ず受け取りに来ます」

そう言いました。

預かった猫は生まれて間もなくの子なので、しつけもなっていません。どこにでも動き回ります。カーテンをするすると上って、布の間からちょこんと顔を出します。あっという間にまた下まで降りていき次は、小物を飾ってあるテレビ台の上を、蹴散らしながら移動していきます。

私は動物に慣れていなかったので、あたふたとする姿がきっと滑稽に見えたでしょう。私はあちこち動き回る猫を必死で追いかけながら、一緒に遊んで世話をしました。

「こんにちは～」

知人は約束通りやってきました。私は心のなかで、「早く来てほしい」、「いや本当に来るかな？」といった気持ちがぐるぐると渦巻いて葛藤してしまいました。持ち帰りの籠とエサなどを用意しながら、知人に子猫を渡しました。胸に抱いていた子猫の体は温かく、頭をなでながら、「しばしの楽しい時間をありがとう！」と心のなかで告げました。

ほんの少しの間だったけど、猫は抱きかかえた私の腕を掴んでくれました。それだけの事だったのですが！　その時、愛が芽生えた瞬間でした♥

「あと、1週間だけ置きましょうか？」

「1週間？　その手があったか⁉」

と「1週間」を繰り返しました。

決して無駄ではないけれど、猫と暮らしたここ数日のなにもできなかった時間を埋め合わせようと心に決めたことが一体どこへ行ったのだろう？

確かに嬉しいけれども、これ以上この子と一緒に歩いていく自信もありません。けれどもこの愛くるしい姿に、ついつい引き込まれていくのです……。

葛藤の末、我が家に暮らすことになったのでした。一緒に泣き笑い、忙しい日々が始まりました。

すぐに飛びついてくるので、外出用の服は控えます。いつも足元にくっついてくるので踏まないように気をつけます。猫中心の生活になりました。

飼っていた猫は、呼びやすいように名前を「ロン」と名付けました。玄関の外に私の足音が聞こえると、走って下駄箱の上にのってお出迎えしてくれました。

今でもあの「ロン」と楽しくも苦しい日々を一緒に走ってきたことは、忘れえない思い出となって、心の片隅に残っています。ヒマラヤ猫を見て「ロン」を思い出し、ずっと忘れないと思います。

ボールペン

学生時代からずっと東京に暮らしている息子に、

「何がいい？」

と聞かれて、

「ボールペン」

と答えました。

息子は私の誕生日に、プレゼントをしたいと言ってきたのです!。こんなことはめったにないことなので本当? と思ったけど、一応答えてみました(^^♪

それから数日経過して、小さな小箱が送られてきました。中身はだいたい見当がつくのですが、どんなものか詳しくはわかりません。この開ける前のわくわく感は久しぶりの感情です。丁寧にリボンを外すと、がっちりとした箱に、しっかりと包んであります。本当だった?

なかから、万年筆(?)と思われるような、茶色のペンが出てきました。「万年筆は使わないのになあ……」と、少しがっかりしましたが、よく見るとそれは万年筆のようなボールペンでした。ああ、そうだった。

「普段使いをするといいよ」

彼は手短にそういって電話を切りました。

私は毎日、書き物が多く、腕や肩が凝ってばかりいます。

(エッ、年だから仕方ない~?)

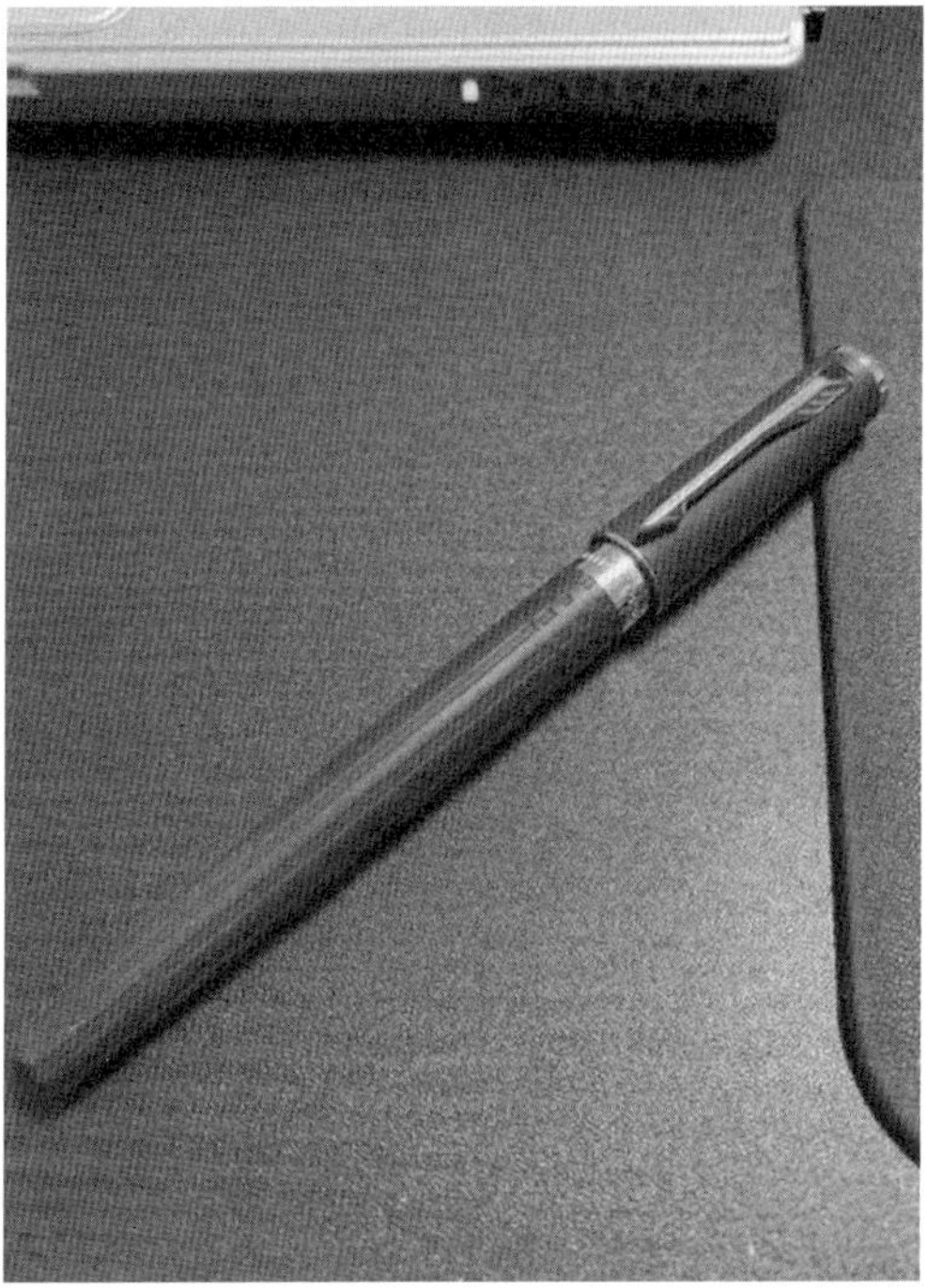

ちょっといいボールペン

どこからか聞こえてきそうです（^^♪。

肩の力を抜いてお腹に力を入れて……ときどき念仏のようにつぶやきます。目の前の書類の山を片付けなければなりません。優先順位で、時間を決めてやります。

夕暮れ時も過ぎていく……。だんだん窓の外が暗くなっていくのも次第に忘れます。お腹が空いて力が入らなくなると、休憩。食事をしながらも気になっています。今夜仕上げなければ、明日の仕事に影響します。効率の悪さもさておき、また続きを……やっていますヨ。

明日の準備をしっかりして眠りにつくと、睡眠が充実することに気がつきました。良い夢を見ますように！

さあ、今日からあのペンを、お気に入りのペンたちの仲間にしよう！
ペンは使いやすくて、軽くて、滑りやすいものがお気に入り。文房具店を見ると、用もなく入っているときがあって、我ながら笑ってしまいます^^;
物を大切にするということは、どういうことを言うのでしょうか？　実のところ私は自信がない（？）のです。使っているうちに、物を傷つけたりしやすいたちなのです。でも大切な物は使い続けます。古くなっても。

もう、捨ててもいいじゃないかと思うときもあるのですが……いつまでも手もとに残っていることが多いのです。ものが増えるばかり……愛深し‼

使いやすいものから使おう！　取っておいても使わずに終わってしまうのはもったいないこと！

ちょっと高価そうに見えますが、子どもから誕生日プレゼントをもらうなんて、あまり記憶にないことなので、感動して泣けてきますね。こんな日もやって来るんだなあ?なんて、ありがたくも不思議な気分がしています。

ボールペンが目の前にあります。

持っておくだけはやめよう！　使うことにします。

「愛深し‼」

食欲旺盛のお年ごろ

このごろ自分の体型のことが気になってきました。

少しだけ食欲を落とそう！（何十年もの間、守られた試しがない >.<）腹八分目がいいと聞いてはいたけれど、どこ吹く風なのやら。私も健康のことを少し考えるお年ごろです。

今までやたらに体をこき使ってきてごめんなさい！　胃だって腸だって少し休憩したいでしょう？　そんなことを考えてしまいます。

健康のことを気にしながらも、定期的に行くいけ花の講習会に出席するため出張で京都に着いた日にばったり出会った友人と食事。翌日はホテルでのパーティーが予定されていて、たっぷりのおいしい食事をいただきました。さらに次の日は、仲間と京の創作料理に舌鼓をうちながら、ベルトをこっそり緩めています（笑）。

なんて幸せな気分だと、心は高揚しています。たまにはこんなときもあっていいではないですか！　許して！　自分に言い聞かせながら帰路に就きました。

2月の京都はまだ寒くて、何枚も重ね着して行きました。暑いときは上を脱げばいいけど、寒いときはどうしようもない……。冷たい風に吹かれて、両手に大荷物を抱えて……寒さに耐えながら、電車に乗ります>.>

明日になったら、両腕はきっとコチコチに凝ってしまうだろうなぁ……。

いけられた花は、満足のいくものではないかもしれないけれども、見る人に安らぎと幸せを与えられる。自分自身にも達成感を感じることができる。せっかく長きにわたって習得しているのだから、誰かの役に立つことができるはず。ならば……ほんの少し未来への希望を持って、「寒くないぞ〜」と気合を入れて帰ります……。

昨夜食べた食事の余韻は、疲れを吹き飛ばすかのように、満足感を与えてくれるのです。体型なんてもういいか!! どうでもいいや！ 健康と体力が一番です！

荷物を運んだ両腕の筋肉痛は、しばらく放っておくしかありません。今は一仕事を終えた充実感が疲労感を上回っています。

食事をおいしく食べられるときは、エネルギーがまたわいてきて、もう少し頑張れる気がします。細く（?）、長く大事にと心に言い聞かせながら、明日の仕事のことを考えるのです。

手帳

気に入っていたピンク色の手帳が汚れてしまいました。まだ半年しか経っていないのに……。なんだか表紙が崩れて不格好です。小ぶりで持ちやすいのでいつも愛用していたのですが、いつの間にかそれがないと、一日もやっていけません。本やノートはきれいに使いたいものですよね（^_-）-☆

困った私は、文房具店に行きました。最初は手帳のカバーを買おうと思ったのですが、カバーを付けると厚さが増して重くなるし、せっかくちょうどいい大きさなのに使いにくくなってしまいそうです。

こんなことで悩まなくても、まず探そう！

そして私は、商品棚のなかに良さそうな手帳カバーが置いてあるのを見つけました。これなら愛用の手帳を優しく包んでくれそうと思い、それを買うことにしました。色はいくつか種類があったのでピンクにしました。

試しに持ってきた手帳の上からカバーを被せてみると、ちょうど収まりました。

チャックを開けないと、手帳は見ることができない仕組みになっています。なんだか秘密めいていい感じ（^_-）-☆（^^）♪

手帳に書くことはいろいろあります。頭のなかに浮かんだこと、しなければいけないこと、約束したこと、買い物の内容……。そんなことを、私は思いつくまま手帳に書きます。なぜなら、すぐに忘れるからです。忘れないように、1冊の手帳に書きとめておくのです。

手帳の中身は予定で真っ黒です。下手な字で小さく入るように、わかる範囲の文字が並んでいます。

ちょっとした待ち時間にも手帳を開きます。することはないか、忘れていることはないかなど、思い出すために確認をします。毎日使うものだから好きな色、使いやすいもの、目に優しいものがいいのです。

仕事の電話が多い日は、行動も多岐にわたりますので、手帳のスペースが足りなくなることがあります。「その日に書くところがもうない！」となった場合は、「ではその用事を今から済ませよう！」と考えて、関係各所に連絡取り合ってその場で解決します。

何でも書き込む手帳

起業してからずっと手帳に日々のことを書いてきているので、もはや日記のようなものになっています。忘れっぽい私ですが、この手帳のおかげで、問題が起きたときに、解決方法を探すことができるのです。

安心して忘れられる？

ええっ！　もしかして健忘症？

いえいえ、そんなことないですよ～～。次のスケジュールを組むことができるということです！

これからもずっと手帳が真っ黒になるまでスケジュールを埋め、今日も明日も、もくもくと働く？　そんな将来はきついな～。

私は今日もピンクの手帳カバーを開き、明日の予定を確かめます。誰と会って何をするのか。そのときの服装を前日の夜に決めておきます。朝はボーっとして考えが及ばないのです。早めの準備をしておくことで時間短縮を狙います。何事も準備で80%完了と聞いたことがありますが、まさに真理だと思います。

今日は晴れ！　快晴！

青が大好き、お天気が大好き！　気持ち良く出発だ！

時計、眼鏡、携帯、手帳……持ったかな？

お気に入りのもので身を固め、気持ち良くお仕事、お仕事！

手帳のなかのスケジュールを1個ずつつぶしながら、今日も頑張りまーす！

柿

掌からこぼれるほどの大きさの柿を買いました。丸ではなく、四角い形をした平べったい感じの柿です。「太秋」という名前の柿だそうです。

柿を買う少し前に、私は中古の家の販売をしました。そのとき、地元の方から「この町では柿の収穫が盛んだ」と聞きました。そういえば販売した家にも大きな柿の木が植えてあって、たくさん実を付けていました。

ある日、家を購入していただいたお客様から、「柿の木になった実をどうしたらいいか」と尋ねられ、柿について調べてみることにしました。そして知人のツテを頼ると、柿を干し柿にしてくれる業者があるという情報を得ることができました。それにしてもたくさんの柿の実です……。

柿の実を見ながら、私は昔のことを思い出していました。秋になると、実家の軒下には干し柿の吊るした房がいくつも下がっていて、必ず一つか二つはもらって帰っていました。そのおいしかったこと！ 思い出します！ 母親は、私がおいしそうに食べるのを見て、喜んで干し柿を作っていました.>>

お客様の家の様子を見に行くと、あまりにもたくさんなった柿の実の重さで枝が低く垂れさがり、今にも折れそうになっていました。

結局、業者さんに柿の回収をお願いしたのですが、その際に私も便乗して、一緒

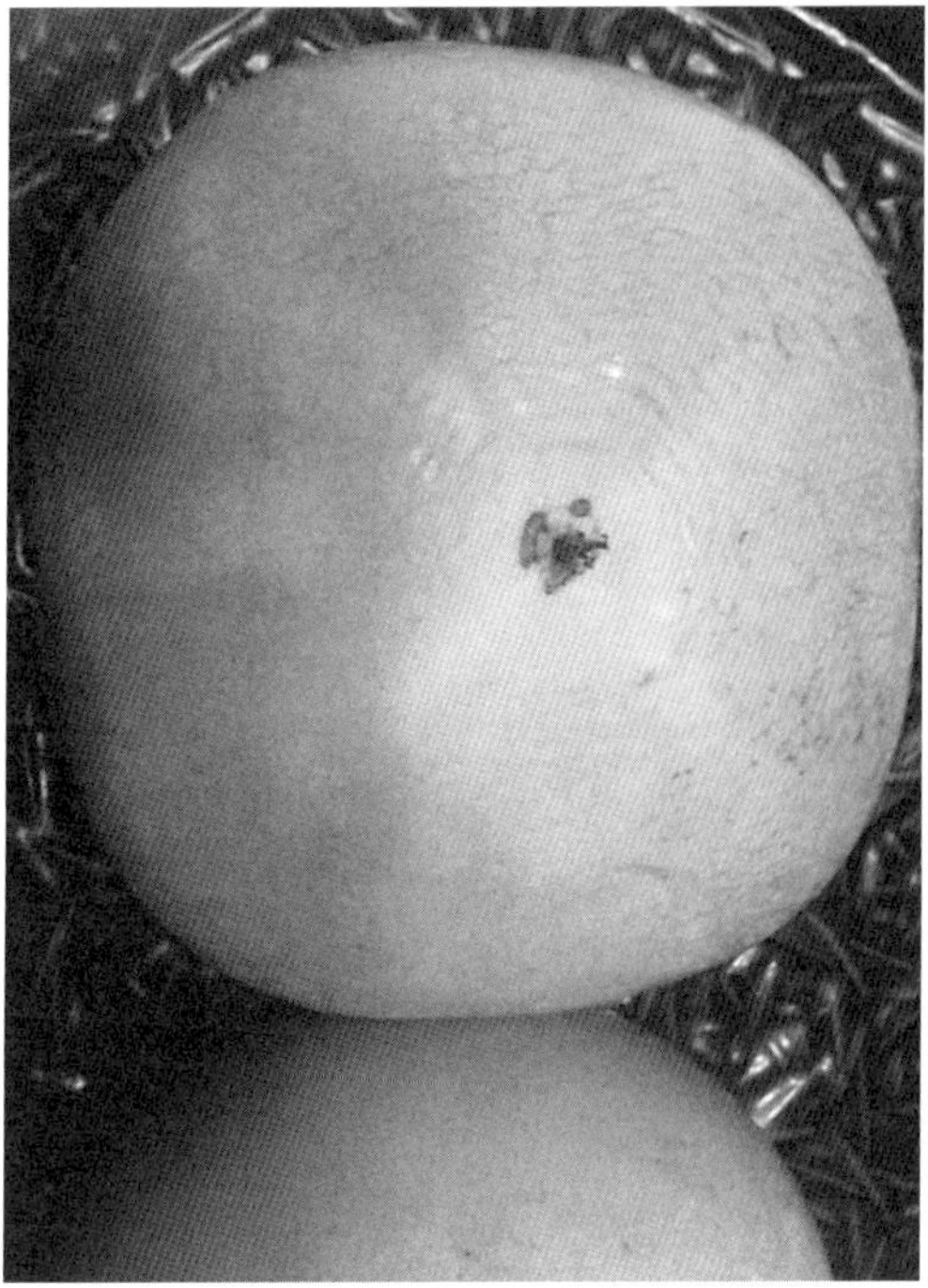

四角い形の大きな柿

に干し柿を頼むことにしました。出来上がったときの柿の様子を想い浮かべて、思わずにやにや（笑）。ついつい楽しくなってきます。

しばらくして届いた掌に乗らないくらいの大きな干し柿は、甘くて適度に柔らかく、喉元をゆっくり通り過ぎていきました。この味、昔母が作ってくれた干し柿よりおいしかった！（^^♪ゴメン）

熊本の南部地方では、車窓から、たわわになった柿の木の群生が見えます。山吹色の丸い実が、空の青さをバックに浮き上がって見えます。なぜか私は、この景色に気を引かれるのです。何の用事もないのに、車を走らせて、ただこの景色を見るために行くことがあります。

柿は見て、食べて、満足です。この地方の柿のおいしさは自慢したい気持ちですよ～。小顔の人の顔くらい大きいのですから……。

仕事は楽しくすることに意味がある！　と思う瞬間！

ほんのつかの間のほっとする時間をつなぎ合わせて、さあ次のステップへと進みましょうか。

雨

雨は嫌いです。昔のことを思い出してしまいます。まだ私が中学生だったころのことです。

地元の田舎道は両側が田んぼになっていて、土手道は雨風となると吹き曝しです。風は四方八方から吹き荒れ、傘を差しても翻り、すぐに役に立たなくなりました。全身ずぶぬれになって、家までたどり着いたとき、いくら通学とはいえ、こんなに大変な目にあって、何か意味があるのだろうかと疑問に思いました。それ以来、私は雨が嫌いになりました。

２０１８年7月、西日本を豪雨が襲いました。信じられないくらい、町の家々が海の水に浸かるようになっていた光景が、テレビの画面に映し出されていました。交通がストップし、移動の手段が絶たれました。

当時の私は、京都行の新幹線の切符を買っていましたが、いつ動くようになるのかわからないまま、どうしたらいいものか駅の構内で思案していました。その日は、いけ花の講習会に参加するため京都まで行かなければならないことになっていました。

新幹線が止まってから数時間後、飛行機なら移動できるだろうと思いつき、空港に電話してみましたが、まったくつながりません。

あきらめるべきなのか？

すると尊敬する先輩から、電話が入りました。

「こんなとき、行ったらだめよ！　帰れなくなるかもしれないから」

そう言われると迷います。

そのとき、ＬＩＮＥが入りました。一緒に京都に行くはずだった仲間からの発信です。仲間は九州だけでなく、四国から行く人たちもいました。バスを待つ人、フェリーを待つ人、それぞれ工夫をしながら、目的地まで行こうとしている仲間からの連絡で、飛行機は使えそうということを知り、私はそのまま空港へ走りました。

空港には同じように考える人たちがいました。飛行機は満席のようです。それでも私は、空港のスタッフさんによくよく調べてもらって、「2時間後の次の便に1席空きがあります」という返事をもらい、すぐに予約しました。やはり行くべきだと何かに言われているのだと、自分なりの納得をしました。

関西も雨がたくさん降っていたようで、伊丹空港から京都まで、移動手段がありません。

するとまた別の人からメールが入りました。

熊本から来ている後輩からのメールでした。「空港からはバスがストップしているのでＪＲを乗り継いで行けます。総合案内で教えてくれます。」とのメール。そして私は状況を把握した後、ローカル電車を乗り継いで移動することにしました。それのみ運行可能だったのです。

京都に着いたのは夕方遅く。３時間ほど電車を乗り継ぎ、ようやくたどり着きました。へとへとですが、到着したことに達成感がわいてきたのを覚えています（＞＞♪

いけ花の講習会は約半数が欠席していました。１日目の講義が終わると、その夜はスケジュールのまま、ホテルでビアパーティが行われ、おいしい料理と余興など、楽しいひと時を過ごしました（＞＞♪

あのときの私は、雨なのに避けようとせず、スケジュールをこなそうと考えて動きました。服もバッグも濡れ、ぐしゃぐしゃになりながら、先を急ぎました。一体どれほどの意味があるのだろうか？　避けて、安全な道を選べばいいのに……。いつだって講習はやり直せる!! そんなことを考えたこともありました。

でも私は、先を急いでいたのです。

今しかない!

この気持ちが優先しました。

「やり直している時間はない!」と思ったのです。


京都では桂川が氾濫していると聞きました。帰りの移動中のバスの窓からちらりと桂川が見えましたが、思ったほどあふれていないように感じました。

その日は、ちょうど7月7日の七夕の日。私は七夕をテーマにいけ花をいけました。こんなに苦労して、通行の手段を奪ってしまうほどのひどい雨は、いろいろと悪影響が出ますが、大自然の動きはどうしようもありません。

京都までやってきて、どれほどの収穫があったでしょうか? いけられた花は会心の花になりえたのでしょうか? いろいろな想いを感じながらいけた花は、忘れられない花になりました。


雨は嫌いです。昔から。日照りはなくてはならない雨なのですが……。

嫌いであればこそ、それに倍するほどの収穫もまた嬉しい限りです。

だから、前に、行きます……（^^）_U~~

ラスベガス

ラスベガスに旅行に行ったときのことです。

私は高層タワーの200メートルくらい高いところに上がって、そこから一気に飛び降りるバンジージャンプというものを体験しました。

あまりの高さに恐怖を覚えていましたが、どういうわけかスタッフの合図に思わず「はい」と手を挙げてしまい、気づいたら落下していました。

私は高いところが苦手です。けれども、異国の地に足を付けた以上、もうどうでもいい、何も考えられない（^^）/

思えば遠くに来たものだ~☆彡

初めてのラスベガスに興奮したのか、50度を超す猛暑にも耐えられました。大規模な噴水や、あでやかなショーなども堪能しました。

翌日向かったグランドキャニオンは、ヘリコプターで見学しました。まるで映画のシーンによく出てくるような場所で、実際に見ると迫力があります。平気でヘリコプターに乗りましたが、見事な景色に怖さも吹き飛びました！

環境が変われば、心も変わる……（^^）_U~~

下のほうに、何やら赤や青、緑色をした丸いものがいくつも見えたのですが、この世のものとも思えないように美しかった。湖のように記憶しています。岩石の色が赤くなって、湖の色が赤くなっていると説明を受けたような記憶があります。「青は水の色だろう」と思いました。グランドキャニオンは20億年も前から、岩や川が侵食してつくられているそうですが、スケールの大きさに唖然となります

ラスベガスの思い出は、私が起業する前、サラリーマン時代の職場の旅行の話です。その職場は、私が不動産という仕事を学んだところでした。旅行は社員のコミュニケーションを高めるため、企画されました。

当時はさまざまな仕事の経験をし、泣いたり笑ったり、大忙しでした。繁忙期に

は、その日に帰れないほど多忙なときもありました。たくさんの情報のなかから選択し、行動し、契約をする。こんな経験が私にとってはなくてはならないものだったと思います。


事務所の棚を整理していると、１枚の色紙が出てきました。

それは私が退職する際に、職場の仲間が書いてくれた寄せ書きでした！　みんなが愛情たっぷり（？）に書いてくれました。私は、それをさっと見ただけですぐに仕舞いました。

じっくり見るのはまだ早い……そんなふうに思えたからです。

不動産の仕事だけでなく、別にやろうと思っていること……。そのときにもう、サラリーマンでいることに終止符を打つことに決めました。

また違う景色を、いつか堪能したいと……。

あのグランドキャニオンの空から見た、色鮮やかな景色にも匹敵するほどの美観を、いつか見ることができるかな～☆彡

目を閉じて

目を閉じて、背中をまっすぐにして、頭のなかをしばし空っぽにする。そうすると胸のなかから、ジーンと心地良いリラックス感が湧き出てきます。

1、2、3……と数えるのももどかしくて、じっとする……。なんて幸せな気分でしょう！　時間は20～30秒くらい。

目を開けると、2、3日前に買ったガムが2個だけ机の上に残っていました。私はそれを口に含ませ、噛みました。ちなみに私は出張のときにはいつもガムを用意します。お決まりの種類のガムです。

事務所の外はもう真っ暗、窓の横は小さな道路ですが、時折1台車が走るくらいで、静かです。近くをバイパスが通っているのですが、以前のように、けたたましい音でバイクが走り去る音は、ほとんどしなくなりました。

目を閉じると、シーン……となっている時間が多いことに気づきます。

あと少しやらなければいけない仕事が残っています。終わらせないと明日が困ります。でも先ほどから机の上で、何度も大きなあくびが出てしまいます。

くたびれた様子の私ですが、誰か助けてくれる人もなく、シーンとした事務所で、机に向かっています。仕事をしている途中で、急に「目を閉じるといいよ！」と、知人に教えてもらったことを思い出しました。

すっかり忘れていました。私は赤い目をしていました。膨れた目がみっともない感じで、すぐに目薬を差します。

ちょっとした瞬間の回復の仕方をやらなければ、体の消耗が激しいお年ごろなのです（^^）/

今、この瞬間のことを考えていると、今という時間がすでに過去になってしまいます。こうしたらいいということを思いついても、すぐ忘れてしまって頭の隅にも残っていません。

机の下に「目を閉じること！」という小さなメモを発見！　そんな大げさなとも思いますが、普段は見えないのです。目の前にあっても気づかない！　心は遠く離れたところに飛んでいます。

馬鹿だなあ……😅

本当にどうしようもない。

時計の針は確かに打っています。うるさいくらいの音です。今だけは聞こえます……。
目を閉じた一瞬の、あの闇のなかから感じる幸せを受ける権利（？）が……ある！
忘れないで、その瞬間を享受しよう！
もうすぐ仕事が終わるころ。お腹も空いてきた？
何!?（^_-）-☆
さっき夕食を食べて満足したでしょう？
あくびはその所為かな？　今は大丈夫です。

目を閉じて、数秒間。

生きている限りはいろいろ摩擦もあったりすることもあると思うけれど、人に迷惑をかけないように、健康でいて、それから、周りの人々や、自分にかかわりあった人たちに、ほんの少しだけでも、ずっと、ずっと役に立てるようにと願いながら、しばし立ち止まることもあっていい!!（^_-）-☆

花火

夏の風物詩である江津湖の花火大会を見てきました。

大きな音を響かせながら、花火が次々に上がっていきます。空に上がって開いた瞬間、ワーッと歓声が上がります。下へ落ちて消えるまできれい！

変わった形のものも増えてきているなと思いながら、次第に見入っていきます。

花火は「夏であること。水場であること」が大事。

私は、勝手にそういうこだわりを持ちながら、江津湖の花火はいつも楽しみにしていました。何度見ても飽きない……その瞬間の楽しみがあります。

花火の当日、私はちょうど新しい靴を買っていました。それは花火に行くためのものというわけではなかったのですが、柔らかくて長時間履いても疲れないと聞いて、すぐに購入した靴でした。

私はこの花火のために、新品の靴を使うことにしました。なにしろ江津湖の駐車場まで移動して車を降りたら、会場までしばらく歩かなければなりません。履く靴は歩きやすいものでなくてはならないのです。

途中で雨がぽつぽつと降ってきました。これから降りそうな予感がします。天気予報も雨でした。

けれども、花火が中止になるという連絡はなく、私は友人と一緒に不安ながらも進んでいきました。

そのうちに、何人もの人々が列を作って歩いているのが見えてきました。子どもたちは、はしゃぎながら、中止になる不安など一切感じる様子もなく、楽しそうです。

およそ30分歩いたころでしょうか？　足がおかしい。痛いよ～、もう歩けない！　あの柔らかそうな買ったばかりの靴は、私をいじめてきます。新品の靴など履いてくるんじゃなかった！

自責の念はやみません（＞＜）_U~~

数日前、私は念のためレインコートを買いました。雨に備えて、あれこれ考えながら、最終的にマント風のものを買いました。花火の席は有料で椅子が用意してありましたが、完全にずぶぬれで座れません。傘は人の邪魔になるので、レインコートが役立ちました。良かったなあ（＞_-）-☆

音楽が鳴り始めて、いよいよこれから花火が打ち上げられる……。一帯はコンサー

江津湖の花火大会

ト会場のような雰囲気となりました。雨だというのに、たくさんの人出です。花火は予定通り打ち上げられました。

傘をさして見る人も増え、そのうちに傘の間から花火を垣間見ることになりました。大きな音は鳴りやみません。終盤になってくると、一度にたくさんの花火が打ち上げられ、幾つもの花が折り重なって、ため息が出てきます（^_-）-☆

花火師さんの心意気を感じます。これでもかと上がっていく花火に見とれてしまいます！

消えていくもののはかなさ、同時に「貴重さ」を感じます。消えるから、良いのだと。素晴らしいのだということ。この瞬間の感動が、心を揺さぶります。

つかの間の残像は決して心のなかからすぐになくなることはなく、次の感動を誘うものとして、しばしの幸福に浸ります。

雨のなかを、痛い足を引きずりながら、それでも、美しいものに触れたいのかと思って呆れてしまいます（＞＜）_U~~……（トホホ）。

懲りずに、また次の機会を狙い撃ち！

道の駅

事務所からは少し離れていて、ちょっとしたドライブコースほどの距離に、山あいの道の駅があります。そこに行くために、私は緑の山々をずっと車で走り抜けます。途中、緑川の川岸を通ると、川の大きさもあって、清涼感が増してきます。季節ごとに景色が変わっていくので、どの季節も良い感じです。

茶色い木造建物で凝った作りになっています。建築設計で賞を貰っているそうです。建物はコの字型になっていて、なかは広い庭ですが何もありません。入り口を入ると、近くで採れた野菜や、漬物などが販売してあります。私は、手作りの梅干しと海苔がたくさん入ったふりかけを買いました。山あいに位置していて、春は山桜がきれいです。

その奥に食堂があります。

道の駅での楽しみは食堂の食事です。

近くで採れた山菜の付け合わせや、野菜たっぷりの豚汁、鮎の塩焼きがテーブルに並びます。私は広い客席にゆっくりと腰を下ろし、目の前に見える山の風景を楽しみます。手前にある庭には白い山百合が咲いています。山から吹いてくる風のせいで、庭先の木々がゆっくりと揺れています。

焼きたての鮎の塩焼きを串に刺したまま口に入れると、「あーっ、し・あ・わ・せ！」と思いました。塩加減と鮎のうま味がちょうど良い具合に交じっておいしいのです（^^）♪

豚汁も、飾り気のない素直な味が口のなかを潤します。

この道の駅に私は何度か招待されました。

招待してくれたのは何棟もアパートを持って経営しているオーナーさん。仕事に精を出して（？）毎日頑張っている私をいろいろと誘ってくださるのです……。

おいしいものを食べさせてもらって、気持ちを和らげてもらって……私はなんて恵まれているのかと、ありがたく思っています。

もう、仕事するしかない!!

仕事は多少の難題はつきものだと思うし、「自分の周りに起きる出来事は、自分で解決できる内容である」と何かの本で読んだ記憶があります。場合によっては時間が解決してくれることもあります。

管理物件はいつも満室にしておきたいと思っています。どんな部屋でも、条件を変え、部屋をリフォームしながら入居希望者のニーズに応えていけば、部屋は埋まると思っています。だからニーズがどんなものかはいつも研究しておく必要があります。生活の様子も、世間が動いていく状況も見ながら対応していきます。

おいしい料理に舌鼓を打ち、ゆっくりとした時間を過ごす積み重ねが、次の英気を養い仕事につながっていく……。

道の駅で食事をしながら、仕事の話、健康の話、家族の話など話題は限りなくあります。

アパートを空室にしないためにも、試行錯誤しながら精を出しています……。

今日も頑張っていますよ（^^）_U~~

カレンダーの日は、日曜日。

時間はもう夕暮れ時……。

装い

季節は夏。毎日30度以上の気温が続き、少し動けば汗がにじみ出るという日々が続いています。

私は部屋のなかで過ごす仕事ではなく、いつも外を動き回る仕事が多いので、苦肉の策ですが、スカートを履けばいいのではないかと考えました（笑）。少しでも涼しく感じられたらいいな（^^♪

軽くて1枚で済むような……できれば短い袖で……恥もかき捨てて（>_<）

いろいろ考えた結果、私はワンピースを買いました。

家で洗濯できるもので、軽くて少しゆったりしています。ところどころ裾が絞ってあるデザインです。全体の柄は、グレーの生地の上に黒と青で縁取りされた緑色の絵が、落書きのようにさまざまな模様で埋められています。

襟の空き具合とスカート丈も良い感じ。何より自然に溶け込んだ服に思えて、気に入りました！　お買い上げ♪

初めて着る服、今日の仕事の内容、どんな人と出会うのか……。しばらく吟味します。自分がそこに溶け込むのに、邪魔にならないだろうか？　ちゃんと仕事ができるだろうか？　相手の立場を尊重できるかな？

靴も、服に似た、青緑色にしました。何よりも私がしっくりときて、気に入らなければ、その日の仕事は上手くいきません。居心地の悪い一日になってしまうことは間違いありません。

約束の時間よりずっと早く、私は家を出ました。一番乗りではなかったけれど、まだまだ早い時間です。

午後から、会議が始まります。この日参加したのは、いけ花の支部会員の集まりです。会議の準備や事務処理をするために、早くから集まってあれこれと雑用仕事をします。

服は快適。密かに、「今日は成功だ！」と苦笑いしました。気にならない、動きやすい、疲れない。けれども初めて着る服に、誰か気がついた人がいるとしても、そっと見ぬふりしてもらえる……。

今日一日が良い日であるために、できるだけの気遣いの準備をしておくと、たくさんの収穫があるものだと思いました。

それにしても、出かけるまでの時間がかかってしまうこと！　あれ忘れた、こっちもと、何度も出たり入ったりして、あんまり人には言えないくらい、格好悪い（^^）_U~~

朝起きは苦手だったけれど、夜更かしを少なくして、早めに動き出すように考えを改めることにしました（いつまで続くことか……）。

今日一日がうまく事が運んで行きますように、準備も気持ち良くできればいいなと、祈りながら……予定表を見ています。

明日は、誰と、いつごろ、何の約束があったかな？　お天気はどうだろうか？

草枕温泉

熊本の有明海に近い海のそばに、草枕温泉があります。

この温泉は、夏目漱石の小説『草枕』で有名なところです。漱石が宿泊したとされる前田家別邸が近くにあり、草枕温泉にはそこをモデルとして作ってあるところが随所にあるそうです。

温泉館の上方の山の中腹には、広いきれいな道路が通っていて、そこから有明海を眺める景色は我を忘れてしまうほどです。

干拓でできた土地が一望され、その向こうに海が見えます。日が沈むころの夕日は、何度も見たくなるほどです。

その道路に石碑を発見しました。

「皇太子美智子妃両殿下御展望の地」

そう書いてあります。やはり……。

母が亡くなる前、草枕温泉が好きでよく連れてきていたのを思い出しました。

私にとって、眺めの良い場所と懐かしい場所とが重なって、せつない思いが飛び交います。

この辺りは、ミカンの畑が下から上まで続いています。春に通るとミカンの花の良い香りが強く鼻を刺してきます。

「降りやんで　蜜柑まだらに　雪の舟」

漱石の句の石碑がそばに佇んでいます。


温泉館の入り口に産地の野菜果物が並んでいます。その先にある長い回廊を歩いていくと、温泉があります。食事処も用意されていて、真新しいものでも珍しいものでもありませんが、産地でとれたものを主に食べることができます。食事だけでも立寄り甲斐があるので、友人と来たこともあります。

家族でこの温泉館に来たとき、母はしきりに野菜を買っていました。私は、「これが今夜のおかずになるのかなあ？　どんな形に変身するかなあ……。食べることが楽しみ！」

などと言ったものですが、母は「親のために、自分で料理をしようと思わないのだろうか？」と思っていたかもしれません。

けれども母は顔にも出さず、黙って料理を拵《こしら》えていました。出来上がった素朴な料理に、私は腹いっぱいの感激を表すこともなく……、

「ご馳走様‼」

何てこと！　お母さん、ごめんね。

皇太子美智子妃両殿下御展望の地

文豪が愛した、草枕温泉。

昼下がりの午後にぼんやりと夕日を眺めていたら、ストレスも吹き飛んでいってしまいそうです（^^♪

第4章

熊本地震を乗り越えて

熊本地震から3年目

2016年4月14日に発生した熊本地震から3年が経過しました。いつも通っているはずなのに……周りの景色が少し変わって見えます。きれいなビル、知らない道路……。

熊本はどんどん変わっています。新しい町になって復興しています。

熊本市の中心部に大きなビルが完成間近です。そこにはバスの集合するセンターができる予定です。その様子を見た私は、思わず何度もカメラのシャッターを切りました。どんな出来上がりになるんでしょうか？

クリスマスが近づく町のなかにはイルミネーションが飾られ、華やかな雰囲気を醸しだして、通りすがりの人たちも、思わず足を止めて眺めていました。イルミネーションはバスの出入りが忙しい場所にあり、交通量も多いので車で見に来るのはできれば避けたいくらい。

見慣れたビルが取り壊され、足しげく通った人たちは、寂しさをあらわにしていました。もうすぐ完成間近のビルは、どんなビルになるんでしょうか。

熊本駅も新しく生まれ変わろうとしています。新幹線口は今もときどき利用しますが、こちらはまだ新しい建物です。

中心部が新しくなると人の動きも変わることになるでしょう。アクセスの状態も気になります。生活に密着した利便性も気になります。

何しろ私は、快適な暮らしを提案することが仕事なのですから。熊本地震から3年近く経とうとしています。

地震で住む家がなくなった人びとのために、民間の賃貸アパートが仮設住宅に貸し出されたりもしました。これは私にとっても初めての経験。不慣れで、何もわからないままスタートしました。

私が住んでいた地域も地震直後は電気もつかず、水も出ず、コンビニにあった品物は何もかもなくなっていました。そんななか、近所の方が保存食を配りに来てくださったおかげで、しばらくインスタント食品でしのぐことができました。

余震が多くて危ないので、家に入らないよう声をかけてくださる方もいました。しばらく余震が続いていたので、いつもゆらゆら揺れているように感じたものです。

そんななか、お部屋探しのご来店です。お客様は「家が潰れて住めなくなった」と事情を話してくれました。

依頼を受けた私は、無事な建物の空室を探し、紹介しました。

お客様から「これで住む場所ができた」と感激されると、なんだかこちらも嬉しくなってきます。

夢中で仕事をやってきて、ふと、傷ついた自宅の部屋に気がつきました。壁はところどころ亀裂が入り、角々が崩れていますが、なんとか倒れずにいてくれました。マイホームよ！　よく耐えてくれましたね！

まだ工事会社は手が足りずにフル稼働していましたので、私は落ち着いたころ、自宅の工事を頼みました。ボロボロの部屋でも愛着のあったところでもあります。それから数日の工事でみるみるきれいになりましたよ！　嬉しい！

変わりゆく街並み、確実に時間が過ぎて行っています……。枯れていた木々も以前のように青々と茂り、草花が溢れ出しました。

熊本は自然がいっぱいのところ。豊かな自然をこれからもうんと感じたいものです。住む場所は少しでも居心地の良いところがいいですからね。

生まれ変わった部屋を眺めながら、「これからの時間をもっと充実させたい！」、「何とかなる！」と心でつぶやきながら……。

雲海

阿蘇の恵みを受けて自然に恵まれ、住みやすい地域として成り立っている熊本ですが、あの日、阿蘇の裾野の益城町を震源として、大きな地震が起きました。

あれから復興がだんだん進み、町の様子も、地震前に近いくらいになりました。新しいビルが建ったところは、見違えるほどきれいになっています。

これまで私は、ときどき山の空気を吸いに阿蘇まで行くことがありました。阿蘇はきれいな空気と目の前に広がる山の景色が雄大で、もう何も言えなくなります。「もういいか！」

そんな気持ちで新たに気分を変えて、私も今後について軌道修正をしたりしました。

大観峰に行ったときのことです。よく目を凝らして周りを見渡したのですが、最初は「曇っているなあ」と思いました。先方のほうに見える山までの間の町全体が、すっぽりと白い雲に覆われていました！「これが雲海だッ！」と大興奮。目の前で見る雲海は壮大なものでした。

大観峰の雲海

　早速、携帯で写メを撮りました。先のほうに根子岳の上の部分がくっきりと見えます。

　私はしばらく見とれていました。絵の才能があれば、ここで写生など……^^;

　空を見上げると、太陽がぼんやりと出ていました。そして太陽の周りに、丸く虹が出ていました。不思議な現象です。

　今日はすごく得したなあ、良い体験をした。

　良い瞬間に出会った！

　あの地震があった後、出向く回数は減りましたが、また行きたいと思う山であることは、間違いありません。

気づかないうちに、いろいろな恵みを自然から与えられていることが多いし、時としては怒りも受けますが、自然はそばで優しく見守ってくれているのではないかと、思うのです。

雲海を見下ろす大観峰の休憩所にはいつも車がたくさん止まっていて、そこからの眺めは絶景です。特に根子岳がきれいに見えます。まるでお釈迦様が寝ておられる姿のようだという話もあります。そう思ってみると確かにそう見えてきます。まるで異次元の世界に来たようです。

山の尾根には道路が続いています。左右に連なる山々を見ながら進む景色は、どんな人もメロメロになる快感を与えてくれるはずです。きっとまた行きたいと思うことでしょう。

迷ったり悩んだり、解決できそうもない事態になったとしても、「大丈夫だよ！何とかなるよ！」

と言ってくれますから（笑）。

みなし仮設住宅に住む彼女

彼女は、元気な声で電話をしてきました。

「久しぶりで、お元気そうね」

と私。

「元気なのは元気なのですが……実は部屋を探しているんです。どこか空いてないですか？」

「部屋を？　何かあったの？」

彼女は不動産業界で働いている人ですから、部屋探しは得意のはず。わざわざうちを頼ってこなくても……。

「地震で家が潰れてしまいました。今、家族はバラバラになって住んでいます。私は両親と住んでいましたが、仕事をしなければならないし、こちらに引っ越して、自分だけで住むつもりです。ずっと住む家なので、良いところを見つけたくて。それで社長に探してもらいたいと思ったんです」

彼女のような地震で被害に遭った人は、国が面倒を見てくれる制度があります。

一時的ではありますが、手続きすれば、２年間の家賃保証があるのです。仮設住宅では住む場所が足りないため、民間の空きアパートを利用して、借り上げ住宅として熊本県と熊本市が借り上げ、被災者に提供するというわけです。手続きは面倒ですが、入居者の家賃の費用は補助が出るため、被災者は助かります。

その後、事務所にニコニコしながらやってきた彼女は、とても家が潰れて困っているようには見えないほど元気でした。

物件を探してみると、ちょうどリフォーム前の空室があったので、そこを紹介しました。すると場所も広さも気に入ったようで、そこに入りたいという希望でした。とはいえ、まだリフォーム前の物件です。実際にリフォームの希望が取り入れてもらえるかどうか、オーナーに相談しながら、細かい打ち合わせをします。

私は、これからの空室は入居者のニーズを取り入れていかないと、空室は増えるばかりであること、入居者が求めているものをサービスする必要があり、全室満室を目指す必要があることを、日ごろからオーナーに伝えていました。

ですから彼女の希望はできるだけかなえることができるように交渉して、なるべく希望に近いリフォームをすることにしました。

完成した部屋を見た彼女はとても喜んで、「ずっとここで生活をできればいい」と言ってくれました。慣れるまでは大変なこともあるでしょうが、じきに落ち着いてもらえる……と、期待しました。

熊本地震は家も山も崩れて大変でしたが、それだけでなく、精神が傷ついた人たちもいることを想います。

やがて彼女が新居を見つけてから3年が過ぎ、ある日、私に思わぬ連絡が入ってきました。

「先日、結婚して名前が変わったので、名義変更してください」

苦しみのなかから、彼女は幸せをつかんだようです。

「アパートはとても居心地良いです」

とも言ってくれました。

「場所も便利で、満喫しています」

とのこと。安心しました(^_-)-☆

リフォームしたアパートの部屋は、そのまま仮設住宅として使用されます。国からの補助で賄えるところになります。

家が潰れてしまうということは、被害に遭っていない他人には想像もつかないほど、怖いことに違いありません。命があって良かった！

3年経過しても仮設住宅は、まだ残っています。町並みはずいぶん復興して、きれいになっています。「本当に地震があったのだろうか？」とさえ思う今日このごろですが、身近にまだたくさん地震の影響があることを感じます。

ある日、彼女は仕事の空き時間に、我が事務所にやってきました。私は、

「今から買い物についていてきてもらえる？」

と言って、遠慮なく彼女にお手伝いを頼みました。

彼女と一緒の買い物で、私は事務所のカーテンを選びました。

そのカーテンはベージュ色の幅10センチメートルほどの横縞になっています。透明部分と交互になっている二重のカーテンです。あまり見かけることもないようなデザインですが、オシャレです。彼女の見立てです！　私はすぐ気に入りました。

殺風景な事務所がとても明るく変貌しましたよ～（^^♪

地震後

熊本は、地震が発生してから3年以上が経ちました。町の中心部では、大きな商業施設も開店することになっています。熊本駅も開発が進められ、やがて見違えるほどの町が出来上がるでしょう。

最悪の状態から考えてみても、よく復興していると感じます。

私はいろいろと出張で他県に出かけることが多いのですが、熊本駅や空港を見ると、少し寂しいなあといつも思います。ここが玄関口なのだから、もっと立派にして、熊本が繁栄しているところをいろいろと見てもらいたいという見栄があります。

ですから、空港や熊本駅が開発されるということは、熊本にとって、たくさんの良いことが待っていると思うのです。

熊本地震では、大きな揺れは震度7が1日おきに2回発生したのですが、それで終わりではありませんでした。その後も震度3、4の揺れが、何度も何度も続きました。体がいつも揺れているような感覚が残ったものです。少し離れたところで「ゴロゴロ」という音が聞こえたら、足元が揺れてくるのです。

この繰り返しで、めまいがいつもしているような、真っすぐに歩いているのか不安になりながら、壁にぶつかりそうな感じで歩いているのがわかります。

小さな揺れでも、ミシッ、ミシッと音がして、古びた我が家はそのたびに傷んでいくので、いつか壊れるのではないかとヒヤリとしていました。壁の隅の聚楽壁は破損して剥がれました。壁に亀裂が入り、浴室のタイル壁も見事に剥がれました。亀裂の隙間を埋めるために、持ち合わせのコーキング材で穴を埋めたら、硬さが足りずに液がしたたり落ちて、まるでお化け屋敷（？）のようになりました（笑）。

余震が長かった影響で、健康を損なってしまう人たちや、亡くなる人もいました。大丈夫だと思っても、不安になる人たちは、少しでも不安を解消するために、さまざまな方策をとって動いていく人たちがいました。

家を倒して、新築を建てる人も……。見た目はまだ使えそうな家なのに、不安なのです。気持ちが収まるためにやることですから、大変なことではなく、これから生きていくための手段なのです。これから安心して生きていくために、住まいを整え、生活を守っていこうとする姿は、前を向いていて、希望が感じられます。

そんななか、私はMさんが建てた新築の家に招待されました。

新居で暮らすトイプードル

家のなかは木の香りがしました。広いキッチンと居間、寝室があって、今までより少し狭そうですが、使い勝手の良い、居心地良さそうなつくりになっていました。広いＬＤＫには、ケージのなかでトイプードルがキャンキャンと鳴いて、挨拶してくれます。毛が短くカットされて涼しそうです。

落ち着いた様子の彼女は、犬と会話（？）しながらも、お茶とお菓子を出してくれて、この家にずっと前からいたかのように、違和感なく収まっていました。

苦あれば楽あり。

つらいことはいつまでも続くわけではない。

その先に、思いもよらないことだって、待っているかもしれない！　そのためには、行動すること。リスクをカバーするくらいの原動力で次に進んでいく！

彼女は、今では庭にどんな木や花を植えようかと植木屋さんや花苗のお店に足を運び、せっせと庭木を植えています……。

ブルーインパルス

仕事で立ち寄ったお宅のすぐ近所にある白川の堤防に人だかりができていました。私は何事だろうと、覗いてみました。

熊本地震を経験すると、多少の騒音に慣れてくるのか、何事もスルーしてしまいがちです。

空を見上げると、一点の曇りもない青い空が見えます。青いキャンパスの上に白いチョークで線を引いたように感じられました。

はっきりした線がやがてだんだんぼやけて太くなっていきます。先頭は飛行機のようです。旋回しながらハート模様や丸など、また形のあるものが白い線で次々にできあがっていきます。

大勢の人たちが、ため息交じりに驚きの様子。

ブルーインパルス！

私も初めて見る光景に目が釘付けです。

どうやら熊本の地震で傷ついた町や人々を少しでも元気に笑顔にしたいという思いで熊本復興飛翔祭が行われていたようです。

ブルーインパルスに乗っているパイロットのなかには、熊本出身の方もいて誇らしい気持ちです。

熊本でこんなに大きな地震が発生することを思ってもみなかったことですが、私は「通り過ぎていく日常の生活をできるだけ迅速に、できる限りの行動をしなければ」という思いだけで過ごしてきました。


青い空に突然白い線模様（^^♪

驚きと感嘆！

その素晴らしい光景は、傷ついた者に何倍ものパワーを与えますよ‼

堤防の周りには、ブルーシートが被さった屋根が見えます。道路には工事中の看板がいくつも見られます。こんなに青い空は久々です。

5機のブルーインパルスが至近距離（のように見えます……）で右往左往しながら、模様を作り、つかず離れず上手に旋回しています。思わず写メします。

初めて見たブルーインパルス

熊本の町をどのあたりまで回るのでしょうか？　きっとたくさんの人たちが気づいて見ていることでしょう……ネ。

気分が落ち込んだときは、笑ったらいいとか、楽しいことを考えて気持ちを上げていくなど、本に書いてあるのを思い出したりしますが、そんなふうにどうしてもできないときもあります😆

そんなとき、

忙しくする!!

考える暇など与えない!!

私はこのように考えて前を向いて

きました。

自分に対しての暴力ではないの？

私はでもそうやって乗り越えてきたような気がします。ちょうど良い具合に、忙しければいいのですが……（>_<）-☆

今日のブルーインパルスは、意外な驚き！

熊本地震を振り返って

熊本に震度7の地震が2度も発生するなんて、稀に見る大災害でした。

周りの人たちは誰も予想しなかったことです。亡くなった人もたくさんいました。

悲しいこともたくさんありましたが、一方で人と人のつながりが見えてきたところもありました。

熊本のシンボルでもある熊本城があれほど被災し、目をそむけたくなるほどでした。

テレビの映像で、熊本城の屋根から煙のようなものがずっと出ていたのを見て、「いったい何だろう？」と思っていました。その煙はずっと続きました。

そして、熊本城は屋根の瓦が割れ落ちて、見るも無残な姿になっていたのです。武者返しの自慢の石垣も崩れ、宇土櫓などわずかな支えで立っている姿は見たくありませんでした。

阿蘇大橋も崩れ、一人の大学生が流され亡くなったニュースは胸を痛めました。テレビのニュースでは見ましたが、実際に阿蘇には近寄ることもできませんでした。阿蘇大橋の改修工事が進んで近くを通れるようになっても、私は足がすくんで行けませんでした。


地震が起きたとき、私は家にいたのですが、揺れが収まるまでは動くこともできませんでした。足がガタガタと震えながらテーブルの下にもぐり、必死でその足に抱きついていました。

私は揺れが少し収まってからすぐに外に出ました。ただ、どうやって外に出たのか記憶にありません。それからも余震が続き、夜になると地震の恐怖でもはや家にいることができず、車のなかに毛布を入れて休みました。救いだったのは、4月のほど良い気候のせいで、寝具も少しで足りたことです。

余震がずっと続くので、おかしいなあと思っていたら、まさかの2度目の大きな地震がやってきたのです。信じられないようなことでした。この世の終わりかと思えました。地下から大きな怪獣が出てきて、人間は殺されてしまうのではないかな⁉……。

やがて電気も消え、水も出なくなり、ライフラインが壊れてしまいました。少し水の蓄えはありましたが、食料が困りました。しばらくすると地域の方が保存食を少し配ってこられたのでありがたくいただきました。ビニールのふたを開けて混ぜたらご飯になるといったものでした。

このときほど電気と水のありがたさをこれほど感じたことはありません。

地震の中心地から少し離れると、地震の被害が少ないところもあったのですが、コンビニは物がほとんどない空っぽ状態でした。私は携帯電話の充電池を買いに走りました。

町中が静かです。テレビが付かないので、被害状況がどうなっているのか気になります。まだ電気が復旧しないうちから電話が鳴り出しました。部屋を探すための問い合わせです。

「住むところがなくなりました。何とか、どんなところでもいいです。探してください」

お客様の切なる声に、私は事務所を開けました。このような状況下では希望はあってないようなものですが、入居できる部屋を探し始めました。

来客は日ごとに増えていきます。部屋がないときは、持ち主さんに交渉して作ってもらったりもしました。部屋が見つかった人は安心したように、「これで助かります」

と感謝して帰っていかれました。

あまりの来客の多さに、私はずっとしゃべり続けて声が出なくなるくらいでした。

熊本でのこうした地震災害は初めてのことで、お役所も手に負えない位困っているのがわかりました。説明を何度聞いても違っているのです。条件がその都度変わるようです。

しばらく間を置いて決まった事項を聞くようにしようと思ったのですが、入居希望者が多くて間に合いません。

そのため何度も何度も市役所と県庁に最新のニュースを聞きに行き、確認しないといけなかったのです。

こんなとき、困った人たちのお手伝いができることに、不動産屋をしていてよかったと思ったものでした。自分も被災をした一人なのですが、お客さんが優先で後回しになってしまい、ずっと後になってリフォームの申請を市役所に出しました（笑）。


ようやく余震が少し収まったころ、被害が一番ひどかった益城町を見に行きました。そこは目を覆うような惨状でした。

町のなかは異臭がして、気分が悪くなりました。道路はうろこのような形で皮が剥げたように波打っていました。屋根が道路まで落ちてつぶされていました。傾いている家がほとんどで、私が真っすぐ立っていられないような感覚になりました。瓦はほとんど落ちています。まだブルーシートもかけていません。新しそうな家も潰れていました。

神社仏閣の屋根がたくさん潰れているのを見て、「神様は一体どうなさったのですか？」と考えてしまいました。

あれから3年が経ち、熊本の町のなかもずいぶん復興しました。熊本城も一部が開放され、見ることができるようになりました。駅前の再開発も進んで、少し風格が出てきました。

熊本市の中心部にも新ビルができました。

行くこともはばかられた阿蘇にも行ってきました。さわやかな風と山の空気はおいしく、ほっとします。

この災害を乗り越えた熊本の人たちは、一回り大きくなって、強く、たくましくなったのではないかと思います。私は熊本で生まれ育ったことに、誇りを持ちたいと思います。

いつ起きるかわからない災害です。

いつも心に準備をしておくと、少し安心です。

私はハザードマップを買いました。自分の住んでいるところのみならず、お客さんに聞かれたときや、契約をするときも役に立つと思いました。

水や食料も少々でもストックすることを心がけたいと思います。今回の熊本地震でライフラインの大切さを肝に銘じましたから……。

一生に一度、遭うことがあるかどうかもわからない大きな災害を経験して、私は伝えなければいけないこと、しなければいけないこと……。そして、考えていくことを思い続けます。

第5章　あれからのこと

よみがえる熊本城

熊本地震から、２０２1年でもう5年が経ちました。

あの日以来、小さな揺れに敏感です。体と脳がすでに記憶しているのだと思います。

もう思い出さなければ、細部にわたって映像として頭に浮かばなくなっています。時間が過去を浄化してくれることは、人間に与えられた贈り物かもしれない！と私は思うときがあります。


我が庭の白い水仙の花も何事もなかったかのように土のなかから顔を出しました。5月には、毎年同じように木々が緑色の芽を出します。

家の小さな庭も、忙しいようです。草木が整列もせず、ぐちゃぐちゃになって、太陽の光を浴びようとしています。

植木鉢のなかから白いガクアジサイが咲きました。小さな一つの花がいくつも集まって一つの花になります。5月もまだ半ばなのに、梅雨入りとなりました。今日も雨が降りました。アジサイと雨はいつも一緒です。殺風景な事務所に、一輪のアジサイを飾りました。

地震で壊れた自宅もずっと前に修理が終わり、何事もなかったかのように、日常の生活を送っています。

私はテーブルの上の新聞記事にふと目をやりました。熊本城の写真が載っていました。

熊本城は見学できると聞いています。外から熊本城の復興の途中の様子を見ることができるそうです。

思い立った私は車に乗り、熊本城に行きました。城彩苑は地域の歴史、食文化、伝統を発信している観光施設です。

休憩場所にもなっており、食事やお土産屋さんなどいろいろとお店が建ち並び、インスタ映えするとテレビで映像が流れていたのを思い出しました。

お土産屋さんに色とりどりのきれいなソフトクリームが売っています。お店の前の椅子に座って何組かの人たちがおいしそうに食べていました。

熊本城の周りに、新たにできている回廊は思ったより広く感じられます。

熊本城

坂道や階段もあって、横を見ると熊本城の様子が見えます。工事の途中です。石垣の崩れたままの様子が痛々しそうでした。天守閣は修復が終わっていて、すぐ下まで行けました。

熊本城は熊本のシンボルです。１６０７年に加藤清正が築城したという熊本城ですが、広さは約98万平方メートル、周囲は約５・３キロメートルもあるそうです、

これまでに二度の熊本地震に遭っています。５年前の熊本地震は信じられないものでした。けれども過去に遡ると、熊本にもっと大きな地震があったようで、そのときもひどかったようです！

傷ついた熊本城を見ていると、地震の怖さが伝わります。忘れたくても、思い出さずにいられないこと！　過去の経験は身に染みているものだということになります。経験を含めての今の私自身であることに気がつきます。

人は良いことも悪いことも経験を重ねて、そのなかから知恵が浮かんでくるのだろうと思います。だからより多くの経験を積んでいる人を大切にして、お知恵を拝借致しましょう♪

いつまでもアナログ人間だった私は、デジタルが主流になったとき、置いてきぼりを食いそうです。でも、経験だけは多いので、どうぞお手柔らかにと言いたいと

熊本城主になりました（特典ありますヨ）

ころです(^_-)-☆

歴史は戦いの連続。だから私は、目をそむけたくなります。忘れようとしても忘れられないものがあることは仕方がありません。

戦わず、競争せず、個々がそれぞれの力で個性を発揮し、共存し助け合っていくことはできないのだろうかといつも思います。

夢物語ばかり言っていないで、現実を見なさいとどこからか怒られそうです"(-""-)"

熊本城は雄大です。黙って地域の人々を包んで、高いところから見守ってくれています。

回廊を往復すると、だんだん足が痛くなってきました。ずいぶん歩いたような気がしました。出口で係の人が、「お疲れ様でした」と優しく挨拶してくださいました。

熊本は、５年前に二度の震度７を経験しましたが、今では忘れそうになるほど、元の状態に返りつつあります。

あのとき白い煙を出しながら、砕け落ちていった天守閣の瓦を、テレビの映像で見ていました。一体何事だろう？　白い煙が消えて瓦が落ちていっていたことがあとでわかりました。屋根の上に、何も残っていなかったのですから……。

先日、熊本に震度４の地震がありました。思わずびくっとしました。まさかまた～⁉

身体がいつの間にか反応しています……。

災害のあとで

私は気になっていた土地の様子を見に行ってきました。5年前の熊本地震の直前に売買契約を結び、直後に震度7が襲った益城町でした。

当時、何度かのやり取りの後、壊れた土地を、そのまま修復して使うということになりました。

少し傾斜はありましたが、角地で日当たりの良い場所でした。周りは住宅がたくさん建っていて、団地になっていました。役場も近く、広い公園もつくられていて立地の良い場所でした。こんなところに家を建てたなら、生活しやすく安心ではないかな、と思える土地でした。

私は何度も通った道路と付近にどんなものがあるかなど、覚えてしまったくらいです。途中のコンビニでソフトクリームを食べました。あまりに熱くて、クリームが溶け出して食べるところも少なくなり、手にクリームがくっついてべとべとになりました(笑)。それでもおいしかったことを思い出します。

地震の直後にその土地を見に行ったとき、吐き気を催しながら通った道路は、鱗のように波打っていました。屋根が道路の高さと一緒でした。つぶれていたのです。異臭がしたのを覚えています。立ち込めている空気が明らかに違っていました。濁ってはいないのに、遠くまで見えない気配です。

もうこんなことは二度と起こったらだめだと思いました。

数年後、洪水です。

熊本は、神様から見放されている！

そう思えるような災害の連続です。地震で弱くなった土地に大雨がこれでもかというほど降ってきます。もう立ち直れない！　そう思った人たちがたくさんいました。

熊本は九州の中心に位置しています。東に阿蘇があるので地形は山に囲まれた盆地のようになっています。夏は暑いし冬は寒い！　自然の恩恵をたくさん受けていて、おいしい水や豊富な温泉も自慢できるのではないかと思います。

自然を身近において、コツコツと努力する姿が、亡き父や母と重なってきます。

確認をしに行った益城町の土地に、素敵な家が建っていました。私は大きく深呼吸しました♪♪　空気がおいしく感じられます。

淀んでいた空気も、遠くまで見えそうに澄んでいました(^^)♪　やったー！

コツコツと努力をし、我慢強い性格が熊本の人たちには根付いている！

付近の道路は道幅が広くなるようで、ずっと工事中が続いていました。出来上がりが楽しみです。

どうして同じところに、何度も災害が起こるのかわかりません。もしかしたら、波動が動いたりしているのかしら？　それならば、良いことを呼び寄せる波動をつくって、悪いものを浄化し、みんなで力を合わせて、二度と痛い辛い目に遭わないようにすればいいのかなあ？

熊本の粘り強い性質が、早い復活の元になっているのだろうか？

5年前を想像できないほど、きれいな街、ビルがあちこちに立って、ここはどこだろうと思ってハッとすることもありますよ(^^)♪

日常を取り戻した熊本の町で、私は普段の毎日を過ごしています。「今日も良い日だ!!」と声を出すと、やまびこは聞こえませんが、良い気が跳ね返ってくるような感じで、心が穏やかになります。特に晴れた日が良い!

梅雨の晴れ間の、澄んだ空気がおいしい!

少しだけヒールの高いサンダルを履いてオスマシ♪♪　気は持ちようデ〜スヨ(^^♪

あかい：椅子

思ったより良い色だったなあ(^^♪

購入した物は、事務所のなかを明るくし、華やかに彩りを添えました。若いころは黒とか白、茶色とか好きでしたが、最近は明るい色が好きになってきました。赤や黄色、オレンジなど。信号機の色みたいです♪。

大型のディスカウントスーパーが近所にいくつかあるのですが、私は車で15分ほど離れた場所へ行きました。そのお店は、家具や小物がいろいろ置いてあります。買いたいものはたくさんありますが、きりがないので、目的のところに直行しました。

今回の目的は会社で使う椅子です。
買いたかった椅子の一つはすでに購入済みですが、もう一つのくたびれてきていた椅子の購入がまだです。思えば、私が起業したときからずっと愛用してきた椅子です。これまでの思い出と一緒に懐かしさがこみ上げます。

けれども長い間座っていれば、体にこたえます！（あれ？　仕方ないでしょう～。お年をめされているから(^_-)-☆　と耳元で悪魔の声がささやいています……）

先に買った椅子は淵をブルーで囲っていて、「スポーツをする人がよく使われています」と最初に説明を受けました。今の私はスポーツとはほど遠い生活をしています……。

生きていくうえで、バランスが大切であることは、自分でもよく知っています。
「知」と「体」を一つずつでいいので、続けていくこと！

知は静、体は動。

私は仕事と趣味を持っておけば、精神的にも体力的にも健康で暮らせると勝手に思っています。どちらがダメになってもバランスは壊れてしまいます。

私は、長時間同じ姿勢でいることが多く（「熱中する」というと聞こえはいいのですが）、ただのものぐさかもしれない、と思って落ち込むこともあります。

そのような生活でバランスを保つためには「環境を変える」と教わったことがあります。できるところでやってみようと思いました。

座り心地の良い椅子は、私に必要だと思えてきました。

一つ目の椅子の色は青です。同じ色は飽きてきます。見た目重視⁉

二つ目の椅子はお店に在庫を置いてなかったので、カタログで注文しました。

色は赤！　ルンルン

来るのを楽しみに数日間待ちました。少し大きいかな？　赤の色の面積が多いかもしれない？　座り心地はどうだろう？（一つ目の椅子と少し違っています）

二つ目の椅子は、約束の日にやってきました。赤い。なんだか浮きたってしまいそう(^^)♪

座ってみると、ぴったりフィットします。柔らかさもちょうどいい‼　椅子の端が赤くなっています。カタログと同じでした。

私は座っている時間がちょっと長め。

身体をいたわりたいノデス～ヨ。

長時間でも仕事は少しでも楽をして時間を過ごしたいと思うのです。

椅子に少々投資をしてもいいかな？　気持ち良く、仕事に精を出し、誰かのために知恵を絞り、頑張ったことも、誰に気づかれなくてもいい。私が自分で満足して、楽しく仕事ができれば、自分も幸せになれる……。

椅子は私を満足させてくれるに違いありません。長い時間をともに過ごす同志なのですから♪♪

机の前に赤い椅子……。

座り心地良いなあ。

なんだか良い発想が湧きそうだ!!

字を書いたり計算をしたり……稚拙な脳を目いっぱい使って創り出す！

庭に白いアジサイが咲きました。私は大きな一輪を切って事務所の棚に飾りました。きれいなものをきれいだと感じる心、自然と一体になって生きていることを思

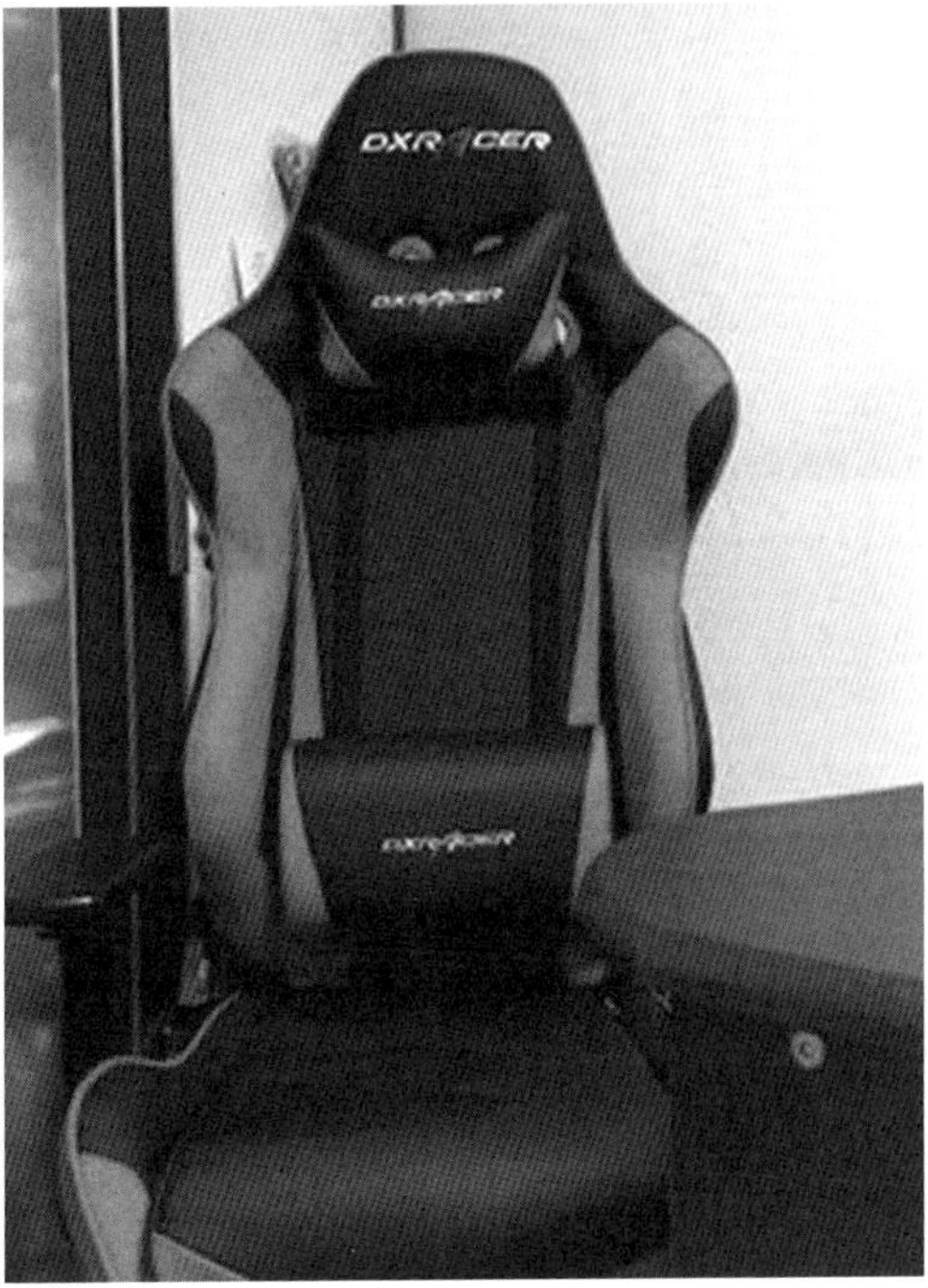

椅子

える心、それに体力を加えてバランスを取っていく。

気持ちの良い疲れが、椅子の上で面白い発想を生みながら、つないでいけたらいいナ。

若葉の力

夕食を終えた後、私はさっきつくったばかりの熱いコーヒーを、マイカップに注ぎました。

いつもは食後にお茶を飲みます。食べ過ぎた糖分を分解してくれそうだからということもあります（笑）。

今日は、友人のHさんが来るというので、コーヒーをつくって待っていました。夕食の時間ではありましたが、用事を優先します。少々お腹も空いてきたころなので、「食事に出かけましょう」と言えばよかったと後悔しました。

携帯電話が鳴ります。「行けなくなった」という返事だろうと思ったら、やはりそうでした。コーヒーはできていますョ〜……"(-""-)"

いつでもどんな急用ができて、予定変更になるか、ちょっと先もわからない……。綱渡り状態で毎日を生きている、といえばちょっとカッコ良く見えますね⁉ だから心を真ん中にしておいて、さまざまな用事に対応します(^^♪

私は、マイカップのコーヒーを口に含みながら、今日の午後の有意義な時間を想いました。

5月の連休は人出が多いので、できるだけ外出をしないで、普通に仕事をしました。

電話も少なく、静かな休日で事務仕事も進みましたよ〜。窓から射し込んでくる日の光がまぶしく感じられます。衣も薄くなり身軽に動きたくなります。

夕方まで3時間くらいあるなあ〜。散歩でもしようかなあ。大事な休憩時間！

車を走らせます。太陽がまぶしく感じられます。5月の若葉が香ってきます……。

私はそのまま走りたくなりました。

若葉

やがて、道の両側は山ばかりになりました。道路はきれいなアスファルトで気持良く走ることができます。道路のすぐそばにはポツンポツンと家があります。田舎道は慣れています。子どものころから通いつくした狭い道路の端々から匂ってくる木々の香りさえ思い出します。

5月の若葉のエネルギーは倒れるほどのエネルギーがあるそうです。1年に一度だけ、このエネルギーを浴びて元気をもらいます。

仕事場に帰ると、電話で物件のお問い合わせが入りました。

「急いで入居したいのですが。この部屋でいいです」

若葉の力

「なかを見てからでないと、何か不具合があったらいけませんから」

「写真の通りだったら、なかはいいです。場所も条件もぴったりですから」

電話の先で焦った様子には聞こえなかったけど、お客さんは早く入居したいとのこと。

「とにかく一度来店して、お話聞かせてください」

私は急がず、順序良く進めていくことにしました。

インターネットに載せた写真を見て、これでいいということなのです。

これは若葉のエネルギーのおかげ？　不思議なこともあるのですね……？


マイカップのコーヒーは、1杯目が終わろうとしていました。おいしかったのは言うまでもありません。

今日も一日良い日だった！

若葉の力を借りて、体に充分のエネルギーを蓄えて、さあ、若返ろう⁇　……いやいやそれはムリムリ(^^♪

熊本グルメ

食いしん坊の私は、おいしいものを求めて出かけたりします。熊本にはおいしいものがたくさんあって、おかげさまでふくよかかな？　何とか体形を維持していま〜す(^_-)-☆

熊本は阿蘇から流れる伏流水の恵みを受け、水が豊富です。水前寺公園、江津湖など水が自噴していてその量は1日でトラック何十台分もあります。

野菜や果物などがみずみずしく、いろいろな種類が穫れます。自然が豊かです。住みやすいところでもあります。

私はそんなところに住みながら、ときどきグルメを楽しんでいます。いくつかオススメのグルメを紹介しましょう。

1．馬刺し

馬刺しはちょっと高価です。でも、ときどき食卓に出しています。熊本のグルメを語るには馬刺しなしでは始まりません。

日本における馬の歴史は、2000年も前にモンゴルから家畜としてもたらされたそうです。その後、馬肉、馬刺しとして広まったのは、熊本の加藤清正が朝鮮出兵で食料がなく、馬を食べたのがルーツだと言われているそうです。

馬刺しはビタミン、カルシウム、鉄分など栄養価の高いものを含んでいます。低カロリー、高蛋白質で疲労回復や美肌効果など良いことずくめと聞けば、食べたくなりますよ♪

しかも、生肉なのに安全性が高く、最高に健康的な食材として、熊本で始まった馬刺しですが、馬肉の生産量は全国1位となっています。自慢の熊本グルメの一つです。

私は比較的健康なのか、寝込むほどの病気もなく、ひたすら毎日仕事をこなしてきました。食事も忘れて走り回っていました。

いつの間にか、時が過ぎ、やがて時間に余裕ができてくるころ、今まで何気なく食べていたものがビタミンの効果とか、体にカルシウムは欠かせないとか……ちょっと考え出したのです。

健康第一。体と心と。

最高級の霜降り馬刺しは、口のなかでとろけます。体にも良い！

これからも、ときどきは食卓にお出ましあれ！

２．栗

私はスイーツを求めて、出かけました。お目当てはテレビにでていたおいしそうなモンブランのパフェです。距離もそう遠くなかったので、ちょっとした空き時間を使って目的地に向かいました。

そこは３〜４組ほど入るといっぱいの感じの小さな喫茶店でした。お店のなかはちょうどおやつの時間帯でしたが、席が一つほど空いていました。

注文して出てきたのは、山盛りのモンブランパフェです。食べきれないほどのスイーツを口に頬張りながらのひと時の「あま〜い（笑）」時間を堪能して帰りました。栗の味が舌に染み込んだのではないかと心配するくらい美味しかった！

熊本の栗の生産は、全国でも１〜２位だそうです。

熊本の山江村にはおいしい栗饅頭があります。そこのお店で皇室に献上された栗を見かけたことがあります。今まで見たこともないような、とても大きな立派な栗でした。

私は山江村のインターに立ち寄ったら、栗饅頭をいつも買って帰ります。

3．だご汁

後輩のYちゃんとランチに行くことになって、お店を紹介してくれました。暖簾が印象的な和食のお店で、だご汁を主に出しているお店でした。熊本の町中にだご汁とは珍しいと思い、行くことにしたのです。

ランチを注文すると、テーブルにはだご汁のほかに付け合わせなど定食風でした。久しぶりに食べただご汁でしたが、品良く器に盛られ、満足しました。昔、実家で食べていたものとは違いましたが、こんなに上品に食べるものかなと、嬉しくなりました。

子どものころに母の作っただご汁は、小麦粉を水で練って、手で伸ばしてうどん麺のように切ったものを入れていました。具材はたくさんあり、季節の野菜、ゴボウ、サトイモなどを入れて味噌で炊いていました。大きな鍋にいっぱいつくっていましたが、いつもあっという間になくなっていました。(^_^)-☆

思い出深い母の味を求めて、今でもときどきだご汁を食べたくなることがあります。

４．フルーツ

熊本はおいしい水がたくさんあって、生活に良い影響を及ぼしています。災害で傷んだ時期もありましたが、すぐに復活して、元のように栽培ができるようになりました。

今年、知り合いのＮさんから大きな梨をもらいました。その梨はそれこそ小さい頭ほどありました。なかもしっかり詰まっていてみずみずしく、食べ応えがありました。熊本でできた豊水梨でした。

熊本の矢部のほうに向かっていくと、柿の木が並んでいます。青い空に柿のオレンジ色のコントラストがきれいでうっとりとして眺めます。道の駅では、地方で穫れたフルーツがたくさん並べられています。大きな柿ですが、種のないものがあり、丸でなく四角形の形をしている太秋柿というものがあります。甘くて食べやすく、その大きさにも驚きます。

熊本の西の地方に横島というところがあり、イチゴの産地です。そこは白いイチゴが穫れるのですが、甘みと香りがあって高級感が漂っています。

イチゴを食べたいと思うとき、贈り物をするとき、横島の道の駅まで行って買うことがあります。

美味しいものを求めて出かけて行くときは、ほっとする瞬間かもしれません。私はこんな時間を大切にしています。

第6章　コロナ禍に生きて

出版後

私はいつになくワクワクしていました。

初めてのエッセイ本を出版することになったのですが、この後、どんなことが待っているのか、想像することができませんでした。けれども、きっと良いことが待っているような気がしていました。

『ゆっくりいそぐわたしの生き方』を出版して、1年が過ぎました。私はいつものように、仕事に趣味にと時間に追われ、代わり映えしない日常を続け、すっかり私の身の回りから、本のことが離れていったかのような感覚を感じています。

お世話になっている知人友人に、感想を聞きたくて、お知らせをしました。「読みやすかった」、「面白かった」、「感動した」、「ついつい最後まで読んでしまった」、「あなたがこんなことをしていたなんて」などいろいろな感想が返ってきました。

そのような声を聞いて、私は出版して良かったなあと思ったものです。知人友人の声を素直に受け入れることができました。

たくさんメッセージもいただき、一仕事終えた後の充実感がありました。読んでいただいた方に、何かプラスになることがあってほしいと願いました。

『ゆっくりいそぐわたしの生き方』は、ちょうどクリスマスのころ発売されました。年末から新年にかけて、これからの1年間のやるべきことなど、目標を立てていました。

ワクワクしながら♪♪

しかし、このときの私は世の中にパンデミックが待っていようとは想像ができませんでした。そして、本の発売から数ヵ月も立たないうちに、新型コロナウイルスの脅威にさらされることになりました。

本を出版した喜びはどこかへいってしまいました……。今、目の前の現実を生きていかなければなりません。

期待と夢いっぱいだったのが、それどころではありませんでした。新型コロナウイルスという悪が超スピードで全世界に飛び回ってしまいました。瞬く間に、危機が身近に迫ってきました。

全世界で流行する感染症は、人類にとって初めての経験です。どうしたらいいものか、ただただテレビで流れるニュースを聞き、情報を探すしかありませんでした。私たちができるのは身近なところで、自分なりの予防をするしかありません。


そんな慌ただしい日々を送っていたこともあり、本のことは私の頭からすっかり抜けました。目の前のことでいっぱいです。

さらに令和2年7月には熊本市南部を豪雨が襲いました。コロナ禍のなかでの災害です。球磨川沿いの人吉地方、芦北地方は壊滅に近いところまでいきました。ボランティアも県外からは呼べないので、復興に時間がかかるし、最悪の状態でした。地震から立て続けに災害です。なすすべもなく、茫然としました。


ある日、ある新聞社から電話がかかりました。

人吉の地域に配る新聞のなかに、私が書いた本の紹介をしたいとのことでした。

私は本のことをすっかり忘れていて、誰かに読んでもらうこともあるのだなあと、ぼんやりと思いました。

「熊本は大変な思いをされている方がたくさんおられて、この本はそういう方に、元気とやる気を与えることができると思います」

記者の方は、私の本が元気になると言われました。

「本当ですか？」と聞きたくなりました。私の本が読んでもらった誰かの役に立つこともあるのかなあ……。

世の中の片隅で何のこともなく、淡々と過ごしている私の毎日に、少しだけ変化が生まれそうな予感が……淡い予感だけどネ（^^）_U~~❤

『ゆっくりいそぐわたしの生き方』。私はもう一度、ゆっくりかみしめて本をめくってみました。

私から離れたところで、本は別の人格として生き続けるかもしれない……。ゆっくりと昇華して、いつかたくさんの人に読んでもらえる日が来ることを少しだけ期待して。

ぜんざいの顔

冷蔵庫から小豆の入った缶詰を取り出しました。私は蓋を開けようとして裏を返してみました。すると、ないですよ!? 缶詰は、蓋についているつまみを引けばすぐに缶が開くようになっているのが当然だと思っていました。でも、この缶詰には何にもないのです。スーパーでよく見もしないで籠のなかに放り込んだみたいです(;_;)/~~~

小豆を取り出すには、缶切が必要でした。ずいぶん前に使っていた記憶があります。どこかにあるかなあ？ キッチンの引き出しのなかを当てもなく探し始めました。

いくつものキッチン用品を放り出し、下のほうから、やっと見つけ出しました。ありました!! 寒い日でしたが、汗が出そうでした。

口のなかに入るものは、体に良いものを食べようと私は最近になって思うようになりました。

私は成長盛りのころから、お腹を満たすものは、好きも嫌いもなく食べていました。おかげさまでとどまることのない食欲に、服のサイズも徐々に増していきました(∨_∧)

苦しいほどお腹いっぱいになりながら、次はいつ食事がとれるかわからないからと言い訳をして、思いっ切りほおばっていたのです～(笑)。

年末には、たくさんお餅を買ってきました。新型コロナウイルスの蔓延のために、お正月は「ステイホーム」です。家のなかでゆっくりして時間を過ごそうと思いました。食物や水などたくさん仕入れました。仕事にも時間の余裕ができました……(^^♪

つい最近まで、研修旅行や趣味の会、会議や会食など、あちこちと動き回っていたのが、新型コロナウイルスの蔓延で嘘のようになくなってしまいました。外に出歩くのが感染を拡大すると言われました。どうやってこれから情報を取っていけばいいのか、考えなくてはならなくなりました。人と会うのは必要最小限になります。

世の中がコロナ禍となり、ずいぶん周りが静かな感じがします。

道路から車の数が減りました。いつもこのくらいだったら、楽かもしれない！　マイカーはスイスイと走ります……。

来店も減りました。入口に消毒液を置くようにしました。誰が来店するかわかりませんので、マスクを付けました。入口に「マスク着用して応対します」の張り紙をしました。

新型コロナウイルスが蔓延したのは、２０２０年の正月を隔ててわずか数ヵ月の間のことです。街行く人も、食事の時間さえマスクをつけることになるとは、想像さえできませんでした。時間の流れは怖い！　数ヵ月の間に、環境ががらりと変わってしまうのですから。

小豆の入った缶は、缶切でやっと空きました。使い方も忘れていました。腕が凝ってしまったかな～（いやいや……そんな華奢な腕ではないぞ～♪）。

小さな鍋のなかに、小豆が鎮座しました。水を入れ、小さく火をつけて、煮立つのを待つ間、餅を焼きます。焦げないように、弱い火で何度も裏返ししながら焼きます。

餅が柔らかくなってきました。焦げ目はあまりつかないようにして、真っ白の小粒の餅を、煮立っている黒っぽい小豆のなかへ入れます。餅に絡みついた小豆は形を保ちつつ、香りを出しています。

あとは口のなかへ入れるのみ!!

(^^)_U~~

焦げ茶色の小豆のなかに、白い餅が二つ並んでいます。目が二つあるように見えました。おどけた顔は期待を裏切りませんでした。ほど良い甘さ加減、ほど良い餅の柔らかさ加減。

おいしい!!

缶切を使った腕は、どうやら華奢な腕でなくてよかった！　余計な肉のついた腕は、少しの力仕事くらい耐えうるかも(^_-)-☆……?

おいしいぜんざいを食べながら、小豆は低脂質、高タンパクで食物繊維が豊富な体に良い食品なのだから……おいしくいただいて、美容と健康に良い!?

やったあ！　コロナ禍の生活を考える良い機会でもあるのかと納得もしてみます。

お代わりもないほどの少しのお椀のぜんざいは、私のお腹を満たし、栄養のこと

ぜんざい

や、ゆっくりした楽しい時間を過ごすことの発見をもたらしました。

毎年恒例の初詣も後回しです。

これからやってくる生活の大きな変化に、敏感であらねばならないと心を引き締めながら、環境に適していくことを念じています。

マスクをつけて

仕事を終えた私は、車を止めてスーパーへ入ろうとしました。

スーパーから出てくる人が皆マスクをしています！

「忘れた！　マスク」

私は慌てて車のなかに置き忘れたマスクを着け、なかへ入りました。買い物客はさほど多くないスーパーでしたが、マスクは必要でした。

新型コロナウイルスの感染拡大が止まらず、もはや道行く人の姿がマスク姿です。

顔の半分をマスクで覆っているので、私は少し美人に見えないかしら？　なんてね(笑)。

新型コロナウイルスが騒がれ始めた初期にマスクが不足しました。私は売り切れてどうしようと思ってインターネットで高額なマスクを注文しました。それを洗って何度か使いまわしして、乗り切りました。

現在では布製の模様の入った手づくりマスクも増え、個性豊かです。顔の半分がマスクですから、デザインも考えることでしょう？

私もよく行くお店で売っていたマスクを買いました。刺繍を施してあるのはいいですが、ペーズリー模様の黄色や緑や赤……。信号機のような色ですね(;_;)/~~~気配を消そうとしてもムリムリ……笑えません。また銀の糸を縫い込んである抗菌作用のあるマスクも、青やピンクの模様の入ったものを買いました。

顔の大部分がマスクですから、すれ違っても誰かよくわかりません。変顔しても、相手にはとどきませんよ~。知らないふりだってできますよ(+_+)。

こんな日が長く続くと、人間関係は変化しないはずないと思います。

マスク

長時間マスクを着けていたら耳の後ろが痛くなりました。友人のHさんは、「少し大きめを買ったら？」と心配して言ってくれましたが、マスクには普通サイズだけしかありません。私がもっと痩せていたら……痛くないかも？

眼鏡と重なると耳の後ろが二重になるので、痛みはそこからデス！　なんてね（笑）。

まったくマスクなんて私には合わない！

息が苦しいよ〜。

少し離れた場所へ出かける用事がありました。家を出るときは忘れないように、必ずマスクを着けて出ます。今日の用事を確認し、どんな話になるか、漠然と思い描きながらハンドルを握ります。

吐く息で眼鏡が曇りました。危ないから眼鏡を外してみようか？　手を耳のところに持ってきたら、耳にかかっている部分がマスクのゴム紐に押さえられています。何てこと！　こんなときにマスクいる？　一人で車のなかにいて、誰にも会わない状態なのだから、外しても大丈夫よ！

呆れてしまいます。一旦身に着けてしまうと、忘れているのです。

マスクを着けると、話すことが少し億劫になります。ちょっと聞きづらい、話しにくい相手に伝わりにくいなど気になってきます。何より息をするのに少し抵抗があります。息も絶え絶え……乙女ではないのですから(>_-)-☆　私のボイスが、雑音とともに乱れた声を発しているかと思うと心配でス(>_-)-☆

新型コロナウイルスの感染は、あっという間に世界中の人々に広がりました。いつ終息するのかわかりません。果たして終わりがあるのでしょうか？

短期間でこれほど世の中が変わってしまうことがあるのですね？　驚きです。私たちは今歴史が大きく変わっている瞬間を生きている!!


今世の中で起きていることは、もう仕方がありません。一旦事情を受け入れて、対処するしかありません。できるだけ感染しないように気をつけて行動しなければならないということです。感染したら他人に迷惑がかかります。

自分の目で確かめ、自分で感じ、自分で考えるしかない！

マスクをするときは最小限度に限る！

けれども行動を抑えっぱなしは良くない！

心のつぶやきが現れます……。

梅雨の晴れ間

マスクを付けた生活やあらゆることの自粛。これはもう、習慣に近いかもしれないと最近は思ってしまいます。

新型コロナウイルスの流行は、計り知れないほどいろいろなところに影響が及んでいます。経済の流れも大変です。人の心も荒んでいきます。ワクチンを打って流行を抑えようという考えも、いろいろと進んでいない様子が見え隠れしています。

いつ終息するのかもわからない堂々巡りでしょうか？　なんてこと!!

そんなことを思いながら暗い気持ちになっても、事務所にいればすることがたくさんあります。私は夕食を終えて、すぐ近くにある事務所に足を運びます。誰にも

梅雨の晴れ間

邪魔されず、マイペースで作業ができます。何も難しいことはありません。やればいいだけのことです。

まだ梅雨は明けていないと思うのに、連日30度を超える夏日が続いています。机の上に小さな扇風機を置きました。パソコンから電源が取れますよ〜。ちょっと音がしてうるさいと思うときもありますが、結構涼しいので、満足しています。

汗が噴き出してもいいくらいです。けれども6月の終わりの太陽は、どこか柔らかい。

明日にでも雨が降るかもしれない雨季のころ。「梅雨の晴れ間」とい

うものかなと、私はこの気候が好きで、楽しみます。私は穏やかな気持ちで動きました。風が柔らかく感じます♪

気がつくと、私はいくつもの階段を上っていました。確かに上のほうに用事がありました。ふうふう言いながら階段を上りますが、目標はまだ見えません。周りは山で、きれいな階段になっていました。

ずいぶん登ったなあと少し足を止め、顔を上げると、すぐ目の前に赤と緑の鮮やかな柱と屋根でできた神社がありました。私の目標はどうやらそこでした。お参りをしようと思ったのでした。きれいな神社でした。とても明るく輝いていました。

この明るい輝きに目を向けると、私のいるすぐ横の階段から下のほうの景色を見る代わりに、大きな丸い金色の太陽のようなものが現れました。これが神社を一層明るく照らしていました。あまりにも大きくて驚きましたが、不思議と怖さは感じませんでした。

明け方のこと。夢の一コマでした。カラーの夢でした。まだ鮮明に覚えています。

この神社にいつか出会えたらいいなと思いますが夢のことです。あるわけがない！

今のコロナ時代も、過ぎればきっと、明るく照らされる！（終わるかな？）

梅雨の晴れ間の空気は澄んでいて気持ちが良い♪　目の前は、何事もないように、静かに時間が過ぎていきます。

神社にお参りするのは、困ったときだけでなく、日ごろから神頼みをしておくといいかもしれない〝(-"-)〟私自身に言い聞かせています。

まだ終わらない梅雨の合間に、することいっぱいだあ!!

オンラインセミナー

コロナ対策としてＺｏｏｍを使って会議をすることになりました。

初めてパソコンで会話をするわけですから、言われるまま準備をするしかありません。パソコンで計算をしたり文章を書いたり、メールのやり取りをしたりと、少しはデジタルに慣れたかなと思っていたら、次々と新しいことを覚える事態になってしまいました。

私の環境だけでも瞬きする間もないくらい（少しオーバーですが♪）スピードを増しています。

オンラインセミナーは何度も受けることになりました。世の中が、コロナ対策で静かになっているうちに、新しい動きが始まっていますヨ〜。


これまで、不動産会議やセミナー、講演会などによく出かけて行きました。名刺交換会などあれば積極的に参加し、いただいた名刺は山のようにたまりました。人々との触れ合いが仕事をしている実感があって、楽しみでもありました。

しかし、今は人と直接触れ合う会議もセミナーもすべてなくなりました。しばらく、そのままの状態が続くだろうと思われます。

私は、今この時期にできることはないかと考えました。そして、自分に投資をすることを思いつきました。第六感が働きましたヨ！（＞＜♪

自分に最大の投資は読書だと聞きました。

早速、本屋さんに行きました。何冊かの本を手に取り、買いました。あれもこれもと欲張りなので5冊ほど買うことにしました。小説、エッセイなど……少々重くなりました。

私は本を汚すのはあまり好きではないので、折り目もつけずに読みます。さあ、楽しい時間を過ごせるかな？

いざ読み始めようとすると、机の上に積まれた書類の山がチラッと目に入りました。ええっ！　これ、片づけなくちゃあ。

と頭ではわかっていても、私は居心地の良い椅子の上で書類を見ないふり。さきほど買った本を広げました。楽しいなあ。

読書をしながらふと手帳を見ると、オンラインセミナーの約束の文字が。あと30分しかありません。開いたページをそっと閉じます。オンラインセミナーをするためにちょっとした準備が必要でした。

今はどこにも行かないから、時間があり余るかなと期待していたのに……。新しいことが起きるのですね～次々と。それに合わせて準備がいるわけです。

私の会社のホームページにオンライン接客を受け付けるためのバナーを貼り、ページを新しくしました。

コロナ前はまるでデジタルに疎かった私ですが、ここにきていろいろなことをずいぶん早いスピードで覚えています。どこまでやれるかわかりませんが、周りの人たちに助けられています。

もうダメという前に、先に進んでいます。仕方がない！　進むしかない。

オンラインはすぐそばで人々と会わなくても、画面を通じて会話もできる、移動の時間が短縮できる、内容の伝わることが早いなど、メリットがあることもわかります。それに経費がかからなくなる？（これはほんとかな？）

世の中がオンライン化して以降、私は笑顔が忘れがちになりました。おしゃれもあまり気にせず、服も着まわすようになった気がします。……こんなことがいつまで続くことになるでしょうか？"(-""-)"

買ってきた本は、本棚に飾られるのだろうか？　いつ読もうか？

最近はあまりに情報が多すぎて、どれを取り入れるか思案します。私は自分で腑に落ちたら、それを信じるようにしています。気持ちの良いところ、場所が必ず用意されているのではないかと思うのです。勘を頼りにしているところも大ありですが（笑）。

オンラインセミナーは、一度にたくさんの人が聞くことができて便利です。これからのセミナーは、オンラインが主流になっていくものだと思います。

それならば、最初は少し大変なこともあるけれど、流れに逆らわず、やるしかないです。いつしか、パソコンの前で、あれこれと打ち合わせや交渉事など、当たり前にやっているかもしれませんネ！(^^♪

片手に本を……片手にマウスを（笑）。

いえいえ、もうマウスなんてないかもしれません。VRで世界のきれいな場所を見学できるのも当たり前になっているかもしれません。

頭で考えただけで、事が成就するなんて、ありえる……？

この先は、想像もできないような未来があることを期待して夢見ていいですか……？

無観客のオリンピック

テレビの前で、思わず涙が出ました。

ちょうど家のなかが良い案配にゆっくりと、涼しく、空気もきれいで安心だと思いながらテレビの画面で東京オリンピックを見ていました。

普段スポーツ観戦はあまり興味もない私が、オリンピックとなると、この機会は特別だという気持ちに駆られてしまいます。

柔道の試合をまじまじと見ました。投げたり投げられたりすることがずっと続くものだと思って、今までは目を背けていました。今回はよく見ていたら、思っていたものとはずいぶん違っていました。

試合が終わった後、畳に挨拶するところや、戦った相手を思う気持ちが伝わってきて感動しました。選手の一人ひとりが大変な思いでオリンピックに出場していることが見ている人たちの心を動かし、涙につながっているわけですね〜。

世の中は、コロナのパンデミックで大変な時期なのに、いつの間に多くの選手たちが日本にやってきたのかと驚きます。反対する声が多数あったことだし、ほんとにやるかどうかわからない状況での開催でした。

無観客で行われたオリンピック。感動の裏でウイルスの感染が拡大し、緊急事態宣言が出ました。

本当に一体どうしたらいいのか、誰もが戸惑っています。新型コロナウイルスの終わりはいつ来るのでしょうか？


この暑さを乗り越え、コロナのパンデミックを乗り越え、どこまで行ったらいいか迷いながらも、きっと大変な努力をしてオリンピックに臨んだ選手たち。喜びの涙と悔し涙を思い浮かべて、今の目の前の道を進んでいけばどうにかなるさあと、声が聞こえてくるようですヨ！

オリンピックの選手の涙は、たくさんの人を救えます。私の努力など、まだまだですね～～。

強い人の努力の見えない影と力を思えば、先にまだ進めそうです（^^♪

アフターコロナ時代を生きる

車のハンドルを握っていざ、出発！

「忘れたぁ！」

私はもう一度家に戻り、鍵を開けます。忘れずに持っていくとばかりに用意したのに、ちゃんとテーブルの上にマスクが……ある!!（怒）

すれ違う車に乗っている人、道で出会う人、食事に行ってもマスクを着けています……。

みんなマスクをしている！　現実に目の前に見えている世界は、なんだか滑稽にも見えてきます。誰もがウイルスという見えない敵に囲まれながら生活をしているわけです。

これだけ科学が発達し、便利な世の中になったにもかかわらず、私たちは2年間も恐怖にさらされるという現実にぶつかりました。

人間はなんてもろいのでしょう（>_<）

それでもテレビで発表されているコロナ感染者の数は、限りなくゼロに近くなっています。「本当ですか？」と疑いたくなるほど多かった感染者数のグラフは、頂点から比べると勢い良く下がっています。

先日、テレビのアナウンサーが、若い女性にインタビューしていました。女性は、「マスクを今外してと言われたら困ります」と答えていました。

マスクの下はお化粧をしていないのかな？　もしかしたらかぶれていたりして……。


コロナが発生してから、私の周りで感染した人はあまり見当たりませんでした。テレビの情報を見ていなければ、以前のような平和な生活をのほほんとして続けていたかもしれません。

けれども現代の情報社会のなかでは、社会のなかの出来事が目をつぶっていても見えるようによくわかります。コロナの信じられないような状況がテレビの画面のなかから見えてくると、現実に引き戻されます。

目の前に見えてくる状況次第で幸せでいられたり、不安になったりしますが、実際に起こっている現実は、人それぞれで見えるものが違っていると思うことがあります。

私は目に入る景色がそばにいる人とずいぶん違うなあと感じたことがよくあります。あるときは食事処がよく見えてくるとき、そしてあるときは木々の様子、建物の景観、道路の状況などほかの人は気がついているのに、私にはまったく見えていない場合があります。そんなとき、私は自分なりのものを見ていたりするのだと思います。

それであれば、自分の都合のいいように良いものや気になるものを見ていれば、いつでも気持ち良くいられる……。新型コロナの感染状況がどのように映り、感じ取るかでそれぞれずいぶん変わってくるのではないかと思います。


子どものころ、私は自分がなぜ生きているのか不思議でした。いつか世の中に決まりごと、普遍的なもの、法則といったものがあれば知りたいと思っていました。そして、私は潜在能力のことを知りました。人は10％の意識で生きていて、90％は潜在的に隠れていて表には出ないということを本で読みました。潜在意識を１％上げることができたらすごい力が出るそうです。

最近読んだ本で「ゼロ・ポイント・フィールド」のことを知りました。それはアインシュタインが発見した莫大なエネルギーが集合している場所なのだといいます。そこに意識を持っていけば、能力が開かれるというような内容でしたが、専門的なことはよくわかりません。

けれども、今からの世の中は、バーチャルの世界がいろいろとできることでしょう。家にいながらにしてあらゆることを完結するのが当たり前になるかもしれません。体を動かさなければ何を動かすでしょうか？　頭脳ですか？

理解できないような不思議なことに対応するためにも、精神的な何か、見えざる力が必要ではないかなと、私には思えてなりません。

昔、アニメで見た近未来の世界が現実に近く感じます。空飛ぶ車はすでに出来上がっています。自動運転も当たり前になるでしょう。人間は上地に住むこともしなくてもいいかもしれません。空という空間に家があったりして……夢の世界が広がっていきます。

最近ではオンラインが充実しており、仕事に行くのに満員電車にも乗らず、家にいながら仕事ができるようになりました。ドローンの発達でどこにでも荷物を運び、高い空から景色を詳しく見たりすることもできます。

物はなくても、人間の意識だけで、遠いところまで瞬時に伝わったりすることもできるのでしょうか？　最近よく聞く「量子コンピューター」というものはどういうものなのでしょうか？　心で何を考えているかわかるのかな？　科学の発展は現実をはるかに超えて、想像しがたいことが頭をよぎります。

もはや考えも及ばないような技術や出来事がすごいスピードでやってきているのを感じます。

これからは目の前のことだけ考えていては、何もわからなくなり、もっと大きな目で見ていかなければならなくなってきているのでしょう。

だからこそ落ち着いて！　落ち着いて！

ゆっくりといそぎます!!

私の内なる声が聞こえてきます。

いったい何が今大切なの？

これからの仕事の大半は、コンピューターやＡＩに取られてしまうことでしょう！　だから人間は人間にしかできないところで生きていくのだと思います。

「和」＝日本文化の心の精神を持つことの大切さ。なぜなら自分は孤独ではないということ……。そして自然を大切にして、共存すること（人間は自然のなかの生物たちのおかげで生かされています。バランス良く循環しています）。

不安や恐怖が続いた先には、心の平安を求めて精神を大切にするようになり、芸術などの文化や文明が盛んになるような気がします。そして、創造して造り上げる技術力や科学的なものなどの英知は人間にしかできないことです（もちろんＡＩは手助けしてくれるでしょう）。

技術力を一旦身に着けたら、力尽きるまで際限なくどんどん進化しますから大切な財産を身に着けたと考えられると思うのです。年齢制限などありません。大切に敬うものだと思います。

これからの世界は想像もつかないことが多くやってくることでしょう。私たちはどういうふうに生き抜いていくのでしょうか。

私はゆらゆらと揺れながらも風に吹き飛ばされないように大地に足を付け、次世代へうまくバトンタッチできるよう、ほんの小さな力でしかないけれど、準備して行動しなければと思っています。

おわりに

細切れな時間をつないで、やっと本書を書き終えることができました。

目の前の仕事をいつものように片付けて、書く時間をどのようにして作ろうかと苦心しました。書こうとする内容はバラバラだったのですが、編集していただき、形になったことに安堵しています。

ブログを書き始めて以来、毎日の生活のなかで、今まで見過ごしてきたことを、キャッチしようとしてきょろきょろあたりを見るようになりました。気がついたことはすぐにメモを取り、詳しい内容へと書いていく作業は、私にはとても楽しい時間でした。もう少し書きたい、けれども時間オーバー。明日起きられなかったら大変だと思いペンを置いたものです。

身近な人、特に家族や離れて暮らす子どもは、私が本を書くことに喜んで賛成することはありませんでした。また無謀なこと、夢ばかり見て……など。私を信じてくれなかったのです。

けれども、私はこの時点で書かなければいけないような、気持ちがどこかにありました。同じように生きている人、また同じようにやっていきたい人がいるとしたら、共感したいと思いました。

また一生のうちに、あんなに大きな地震に遭い、被災した出来事はめったにあることではありません。記憶のあるうちに、経験を伝えることも、課せられたようなものだと思えてきました。

まだまだ道半ばの私は、これからもいろいろな出来事が待っていることだと思います。けれども「自分に解決できないことは目の前に起こらない」そうです。必ず解決できると信じて、前向きに、新しいことにチャレンジしていこうと思います。

身近な人たちから、

「ええっ！　まだぁ!?」

「年齢のこと考えたことある？」

なんて笑われそうです。

つらいときは心で笑い、悲しいときは心で喜び、楽しいときは自重もし、いつも表と裏の間で動いていることを想い、淡々と過ごしていけばいいと、自分に言い聞かせながら思うこのごろです。

私が本を書くにあたり、最後まで書けるかどうかもわからないのに、無茶ばかりしてと思いながらも、最後まで黙って好きなようにさせてくれた家族の存在はありがたいものでした。

今回、エッセイを書くにあたり、幻冬舎ルネッサンス新社の山名社長、編集者の中森さんにはご指導いただき、大変感謝しております。ぼんやりとした自分の考えが徐々にはっきりしてきた部分がありました。

この本が、読まれた方にとって少しでも何かのお役に立てたなら、嬉しい限りです。

おわりに（文庫改訂版）

改訂版の原稿を書き終えて、静かに目を閉じると、これまで忘れかけていた小さな出来事が、頭をよぎるようになりました。

過去は必要なことだけ覚えておけばいい。不要なことは忘れて、新しい情報を入れていこうと思っていました。けれども、「今」あることはこれまでの積み重ねの上にあることを、感じてしまいます。

点が集まって1本の線となり、その上を歩いているわけです。線の大きさはそれぞれ違うと思います。線の先と後ろから続いてくる1本の線は紛れもなく自分のものです。

今、世の中で起きていることは、私がどんなに考えても、一人ではどうすることもできません。

雨上がりのきれいな虹は7色の発色で、見る人を感動させてくれます。発見したものを、見た人だけが味わうことができる！　風や空気の柔らかさ、おいしさというものも、感じた人だけが享受できることです。

歓喜や安楽はそれを感じて、良い波動が広がっていけば、何か力が生まれてきそうな気がします。一人の力でどうにもならないと思ったことが、もしかしたら変わっていくきっかけになるかも……。


ある人の言った言葉の一言にハッとすることがあります。それは、これからの未来に何らかの影響を与えていくからです。だから私は何気ない言葉でも拾いにいきます。

もし私の発する一言を誰かに拾ってもらえて、あのときこれを聞いていて良かったと思ってもらえたなら、本当に嬉しい限りです。

想いや言葉は、力を持っていると言われています。


複雑な世界のようにも思いますが、もっと単純なものかもしれないと、確信のない希望を持ちます。思いは天に通じているそうです。だから「思えばいい」と思っているところが、私の単純なところです。シンプルが一番です。良い波動が世界を動かす‼

【著者プロフィール】
寺本 貴美代（てらもと きみよ）
1954年熊本県熊本市生まれ。
熊本の不動産会社に11年勤務した後、現在「Kカンパニー不動産」を経営。
趣味はいけ花。家族構成は夫と長男。

ゆっくりいそぐ わたしの生《い》き方《かた》

2022年4月14日　第1刷発行

著　者　　寺本貴美代
発行人　　久保田貴幸

発行元　　株式会社 幻冬舎メディアコンサルティング
〒151-0051　東京都渋谷区千駄ヶ谷4-9-7
電話　03-5411-6440（編集）

発売元　　株式会社 幻冬舎
〒151-0051　東京都渋谷区千駄ヶ谷4-9-7
電話　03-5411-6222（営業）

印刷・製本　シナジーコミュニケーションズ株式会社
装　丁　　立石 愛

検印廃止

Printed in Japan
ISBN 978-4-344-93953-0　C0095
幻冬舎メディアコンサルティングＨＰ
http://www.gentosha-mc.com/